어쩌지,

고양이라서 할 일이 너무 많은데

똥꼬 발랄 고양이들의
인간 몰래 성장기

이용한 글+사진

위즈덤하우스

고양이가 왔고,

인생이 달라졌고,

생각이 많아졌다.

고양이가 왔고, 인생이 달라졌고, 생각이 많아졌다.

장독대를 독차지한 '다래나무집' 고양이와 함께 4년이란 시간이 흘렀다. 고양이와 함께한 인생은 그럭저럭 견딜 만했고, 때로 뜻밖의 웃음과 설치류 같은 사소한 선물도 받았다. 천 번을 흔들어야 집사가 된다는 낚싯대를 들고 허공을 휘저을 때마다 '저 인간도 참 애쓴다'는 고양이의 눈빛과 마주쳤다. 어느 봄날엔 마루에 나앉아 "인간사 야옹지마."라고 말하는 고양이와 한참이나 먼 산을 바라보았다. 지나고 보니 최선을 다해 대충 사는 법도 고양이에게 배운 것 같다. 살면서 어설픈 묘책 따위 필요 없다는 것도….

아무래도 고양이를 인생의 바깥에 두는 건 불행한 일이다. 고양이가 내 삶을 구원해주지 않아도 괜찮다. 꽃이 지고 겨울이 와도 고양이만 옆에 있다면, 그걸로 나쁘지 않다. 그뿐이다.

맨 처음 고양이를 만난 지도 10년이 되었다. 10년은 얼마나 긴가. 10년은 또 얼마나 짧은가? 고양이 영역에 첫발을 디뎠던 10년 전만 해도 '고양이 작가'라고 하면 생소하기만 했다. 시중에 나와 있는 고양이 책이라고 해봐야 몇 권 되지도 않았다. 길고양이는 당연하게 도둑고양이로 불렸고, 길고양이를 돌보는 캣맘도 지금처럼 많지 않았다. 10년의 시간이 흐르는 동안 고양이계에도 많은 변화가 있었다. 최근에는 1년에도 족히 열 권 이상의 고양이 책이 쏟아져 나오고, 영화나 드라마, 광고에서도 고양이는 어엿한 단골손님이 되었다.

고양이를 기르는 반려가구 수도 최근 3년 새 60% 이상 늘었다고 한다. 물론 애묘인의 증가에 비해 고양이에 대한 인식의 변화는 여전히 더디기만 하다. 하나 조금씩 천천히 좋아질 거라고 믿는다. 그런 믿음조차 없다면 집사이자 캣대디이고, 고양이 작가의 길이 얼마나 암울하겠는가.

돌아보니 고양이와 함께한 지난 10년간 모두 여섯 권의 고양이 책을 출간했고, 이렇게 일곱 번째 책을 세상에 내놓는다. 이번 책은 2년 전 출간한 『인간은 바쁘니까 고양이가 알아서 할게』를 잇는 책으로, 고양이와 인간의 동고동락 공존과 동행의 이야기를 담았다. 책에는 저마다 개성이 다른 고양이의 알콩달콩 일상과 아옹다옹 묘생이 가득하다. 절묘함과 기묘함이 얽히고, 오묘함과 미묘함이 수두룩하다.

부디 많은 사람들이 책을 보며 심란해하기보다 흐뭇한 마음으로 책장을 넘겼으면 좋겠다. 웃을 일이 별로 없는 슬픈 현실을 잠시 내려놓고, 고양이를 보며 환하게 웃거나 가만히 미소를 지어도 좋겠다. 어쩌면 그것이 책 속의 고양이가 던지는 작은 위로이고 보은이라는 생각이 든다.

지난 10년간 변함없이 변함없는 가족에게도 심심한 위로를 전한다.

2017년 이용한

차도에서 구조돼

다래나무집에서 살게 된

오디(고등어)

앵두(삼색이)

살구(노랑이).

차례

앵두

삼색이. 다래나무집의 안방마님.
새침데기 공주과 고양이지만
사냥 실력이 가장 뛰어난
반전 매력을 지니고 있음.
자기만의 공간에서 혼자 있기 좋아함.
주말마다 다래나무집을 찾을 때
가장 열렬하게 나를 반기는 고양이.

오디

고등어. 아내가 특별히 좋아하는 고양이로,
멀리서도 "오디!" 하고 이름을 부르면
만사를 제쳐두고 달려옴. 권력무상이라고
한때 다래나무집 최고 권좌에 올랐으나,
나중에 들어온 앙고에게 왕초 자리를
물려줌. 몸에 무엇을 올려놓아도
가만히 있는 녀석이라 벚꽃, 능소화,
민들레, 산목련 이파리로 가끔 장난도 침.

앙고

젖소무늬. 다래나무집의 대장 고양이.
골짜기 전체를 장악하고 있는 산 아랫집
왕초가 침입하면 가장 먼저 달려 나가
영역을 방어하는 정의파 고양이.
그 힘을 다래나무집에서도 과시하며
밥 먹을 때에도 다른 고양이와 겸상을
허락하지 않음. 그러나 아들한테만은
한없이 다정해서 단짝처럼 지내며
아들도 녀석을 '내 고양이'라 부름.

보리

'올(All)' 고등어. 게으름의 대가이자
진정한 귀차니스트. 먼 산을 보고
명상하기 좋아하며, 까마득한
아깽이에게도 너 먼저 먹으라며 사료와
간식을 양보하는 고양이. 가끔은 지나치게
착한 행동을 해서 다래나무집에서는
'멍선생'이라는 별명을 붙여줌.

몰라

무늬고등어. 겉으로 보기에는
흰 고양이에 가까운데, 이마와 허리 아래,
꼬리에만 고등어무늬가 있음.
다래나무집에서 귀여움을 담당하고
있으며, 영역 내 최고의
점프 실력을 자랑함.

달콤이

노랑이. 아랫마을 방앗간에서 구조해온
노랑이파 중 끝까지 다래나무집에 남은
고양이. 모든 고양이와 잘 어울리는
화합형 고양이로 다래나무집에서
최고의 뱃살과 몸무게를 과시함.
그럼에도 뱃살을 출렁이며 낚시놀이와
점프를 즐김. 개그묘 담당.

자몽

노랑이. 달콤이와 쌍벽을 이루는 몸무게와
뱃살을 소유하고 있으며, 개그 본능과
외모까지 닮아 있음.
달콤이와 다른 점이라면 점프나
낚시놀이보다는 발라당 누워서
뒹굴뒹굴하는 게 취미. 점프하다 넘어지면
원래부터 그루밍을 하려 했다는 듯
열혈 그루밍을 하는 게 특징.

그 밖의 고양이들

쌍둥이처럼 하얀 털을 가졌지만
이마에만 고등어무늬가 있는 두부와
콧방울이 까만 만두, 늘 사람을
따라다니며 앞에서 알짱거리는 따랑이,
앞머리 스타일이 영 어색한 열어비,
다래나무집의 두 번째 안방마님 미리,
오디가 산에서 '냥줍'해온 삼순이 등등
저마다의 개성과 존재감을 지닌 고양이들이
많지만, 어쩔 수 없이 카메라 앞의
연기력과 활약상에 따라 생략함.

프롤로그

다래나무집 고양이

친정에 간 아내가

이런 사진을

보내왔다.

간

밤

에

내

린

고양이.

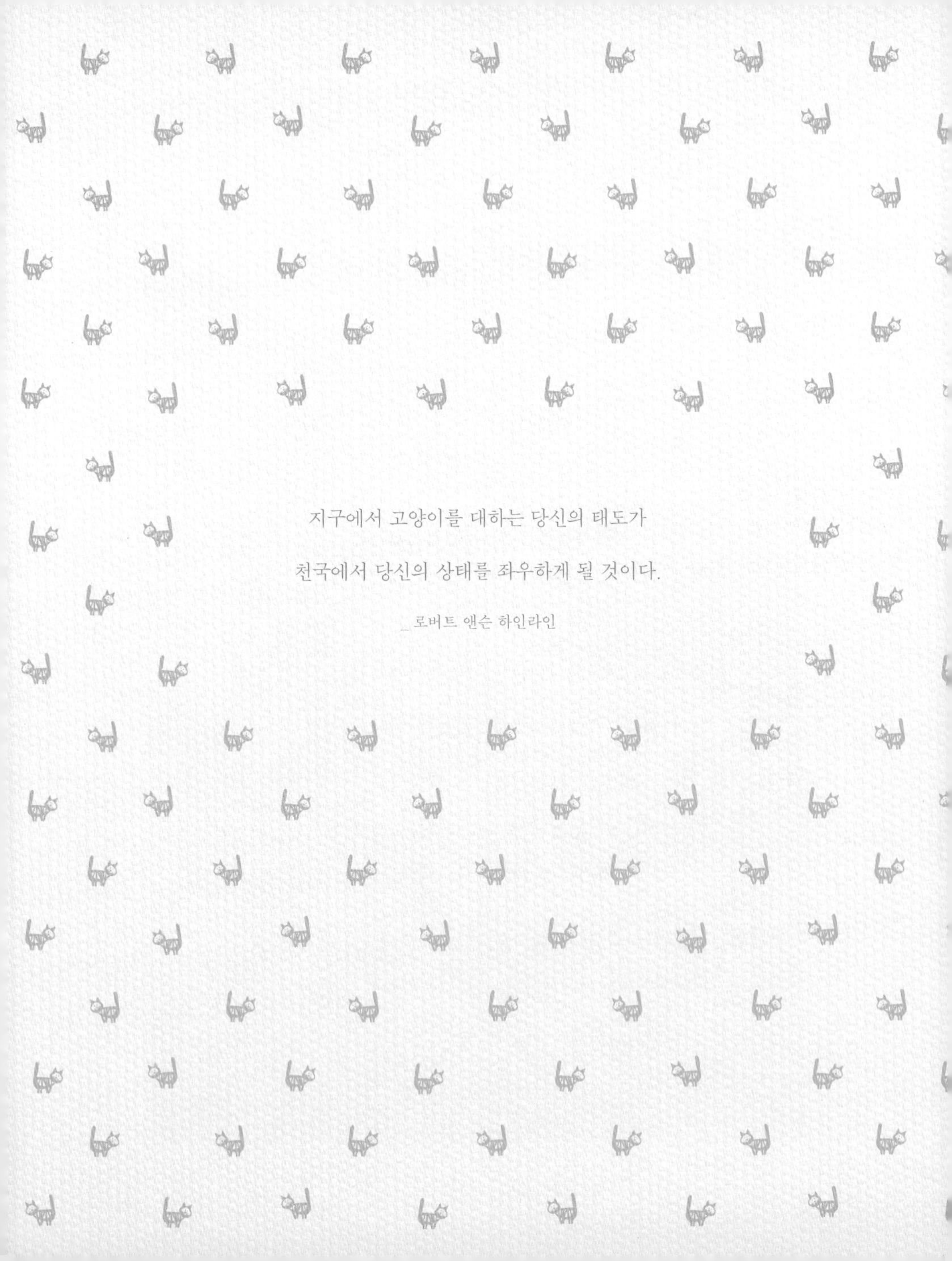

지구에서 고양이를 대하는 당신의 태도가

천국에서 당신의 상태를 좌우하게 될 것이다.

_ 로버트 앤슨 하인라인

가끔 고양이가 지구에 온 이유가 궁금하다. 기껏 쥐 사냥이나 하러 온 것은 아닐 테고, 사람들의 냉대와 멸시를 받으러 온 것은 더더욱 아닐 텐데. 지구 정복 따위는 관심도 없어 보이며, 귀여움으로 누군가를 구원하겠다는 의지도 없어 보인다. 그저 꼿꼿하게 꼬리를 세운 채 괘념치 않고 자기 삶을 밀고 나간다. 차별 속에서 쫓기듯 살아도 삶을 비관하는 법이 없고, 때때로 인간에게 도움을 요청하지만 비굴하지도 않다. 한국의 현실만 보자면, '이러려고 고양이가 되었나.' 하는 자괴감이 들 법도 한데 오히려 그들은 최선을 다해 대충 사는 경지에 도달해 있다.

하긴 그런 이유 따위 뭐가 중요한가. 중요한 것은 내가 지금 고양이와 같은 세계에 살고 있다는 것. 고양이를 대신할 수 있는 건 아무것도 없다는 것. 고양이 없는 인생은 거품이 빠진 맥주와 같다는 것. 그러니 오늘도 주섬주섬 간식이나 챙겨서 고양이 등이나 긁어주러 가야겠다.

애당초 다래나무집 고양이는 이곳에 온 이유가 명백하다. 3년 전 울산에서 양평까지 자전거를 타러 온 라이더가 차가 다니는 큰길에서 빽빽 울고 있는 '아깽이(아기고양이)'를 구조해 역에 맡기려는 것을 우리 부부가 발견하고 집으로 데려오게 되었다. 역에서 맡아줄 리 만무했을뿐더러 젖먹이 아깽이인지라 자칫 시간을 끌면 생명이 위험할 수도 있었다. 졸지에 나는 녀석들에게 분유를 먹여가며 한 달 정도 고양이 보모 노릇을 했다. 사료 먹을 나이가 되면 입양을 보낼 생각이었는데, 뜻밖에 장인어른이 구원의 손길을 내밀었다. 결국 녀석들은 오디(고등어), 앵두(삼색이), 살구(노랑이)라는 이름을 얻어 다래나무집에 살게 되었다.

녀석들은 하나같이 사람을 좋아해서 언제나 사람을 졸졸졸 따라다니는 순한 고양이들이었다. 유치원도 어린이집도 다니지 않았던 네 살 아들에게도 녀석들은 꽤 좋은 친구가 되어주었다. 소꿉놀이를 할 때나 산책을 할 때, 눈사람을 만들 때도 아들 곁에는 언제나 고양이들이 있었다. 심지어 숨바꼭질을 할 때도 녀석들은 아들을 쪼르르 따라다니는 바람에 아들이 어디에 숨었는지 금세 들통이 나곤 했다.

성묘가 된

오디, 앵두, 살구의 모습.

사람을 잘 따르는

착한 고양이 남매다.

다래나무집에서 알콩달콩

때로는 아옹다옹 살아가는

마당고양이들.

그리고 1년 뒤 다래나무집에 식구가 한 마리 더 늘었다. 어느 날 산책을 나갔다가 길에서 "냐앙냐앙!" 울고 있는 젖소무늬 아깽이를 만났는데, 넉살이 좋은 건지 절박했던 건지 내 앞길을 막고 '나 좀 데려가쇼' 하는 눈빛을 연신 쏘아대는 거였다. 녀석이 울던 집 앞에서 만난 아주머니에 따르면 이틀째 저렇게 빽빽 울며 다녔단다. 가엾게도 녀석은 배가 홀쭉했고, 뼈만 앙상하게 남아 있었다. 하는 수 없이 녀석도 다래나무집으로 데려가게 되었다. 녀석이 오자마자 아들은 '앙고'라는 이름을 붙여주었고, 지금까지도 아들의 단짝으로 지내고 있다.

이후 한 달도 지나지 않아 이번에는 한꺼번에 네 마리의 노랑이(대백이, 중백이, 소백이, 무백이)가 다래나무집으로 들어왔다. 아랫마을 방앗간에서 태어난 아깽이들이었는데, 방앗간 주인이 내다 버린다는 걸 측은지심이 발동한 장인어른이 구조해 이곳으로 데려온 것이다. 그리고 얼마 뒤 조금은 황당한 일도 일어났다. 오디 녀석이 어느 날 산에서 어린 삼색이를 한 마리 데리고 나타난 것이다. 말 그대로 냥이가 '냥줍(길에서 고양이를 데려오는 것)'을 해온 거였다. 아마도 오디 녀석은 산에서 사흘 굶은 고양이처럼 비쩍 마른 아깽이를 보고 불쌍한 마음에 "우리 집 가서 사료 먹고 갈래?" 했던 것 같은데,

사료를 맛본 삼색이가 아예 이곳에 눌러앉고 만 것이다.

그리하여 다래나무집에는 길과 산과 방앗간에서 구조해온 고양이만 해도 아홉 마리에 이르는 대가족이 되었다. 다래나무집 고양이를 다룬 첫 번째 책 『인간은 바쁘니까 고양이가 알아서 할게』는 바로 그런 복잡 미묘한 서사에서 출발했고, 여전히 계속되는 파란만장한 이야기로 말미암아 2권을 내놓기에 이르렀다. 사실 1권을 내고 나서 공식 모임이나 독자들로부터 가장 많이 받은 질문 중 하나는 본문에 나오는 다래나무집이 어디냐는 거였다. 그때마다 나는 시골의 모처라고만 얼버무리고 말았다.

얼마 전에는 '사람들'을 주로 다루는 공중파의 휴먼다큐 프로그램에서 고양이와 함께 시골에서 살아가는 모습을 담고 싶다는 섭외 요청을 받았지만, 정중히 거절했다. 반려동물과의 공존을 담은 모 프로그램에서도 세 번에 걸쳐 출연 요청이 들어온 적이 있는데, 역시 고사했다. 출연 의사가 없다고 하자 전화를 건 작가는 방송이 나가면 책도 훨씬 많이 팔릴 텐데 왜 그러느냐며 이해할 수 없다는 반응을 보였다.

나 또한 책이 많이 팔려 오래도록 고양이 작가를 하고 싶은 마음이다. 하지만 각자의 입장과 사정이란 게 있는 법이다. 그들이 공통적

이곳의 무수한 장독대는

고양이가 온 뒤로

'냥독대'가 되었다.

으로 관심을 갖는 공간인 다래나무집은 내가 사는 곳이 아닌 처가인데다, 여러 마리 고양이에게 이제껏 밥을 주고 보살펴온 장본인도 사실상 장인어른이다.(나와 아내는 매 주말에 아들을 보러 내려가는데, 고양이들과는 일주일에 이틀 정도 만나는 셈이다.) 무엇보다 고양이를 돌보는 당사자가 장소 공개를 원치 않고, 소박한 삶이 유지되기를 바라고 있다.

사실 가장 큰 염려는 공중파 방송에서 장소를 공개할 경우, 이후에 벌어질 사태이다. 길고양이의 안식처로 알려진 충주의 한 휴게소에서는 방송에 나간 후로 독극물로 고양이를 집단 살해한 사건도 모자라 총기 살해까지 일어났다. 그뿐만 아니라 그 휴게소에 고양이를 버리고 간 유기 사건도 있었다. 방송을 통해 '고양이 마을'로 이름을 알린 욕지도는 이제 고양이가 사라져가는 마을이 되었다는 제보가 잇따른다. 야외에서 고양이를 키우는 수도권의 모 카페에서도 책과 SNS에 소개된 후 고양이 납치 사건과 품종묘 유기 사건이 번갈아 일어난 적이 있다. 언론 매체에 한번 나가게 되면 사람들이 찾아오고, 그중에는 다른 목적을 가진 사람도 있기 마련이다. 다래나무집만큼은 그러고 싶지 않다. 지금의 평화와 소박한 삶이 오래오래 유지되기를 바랄 뿐이다.

세상의 모든 사료배달부와

캔따개 만세!

1

꽃냥이의 계절

벚꽃의 꽃말은… 고양이!

하늘에

U

F

O

라도

있는 거냥?

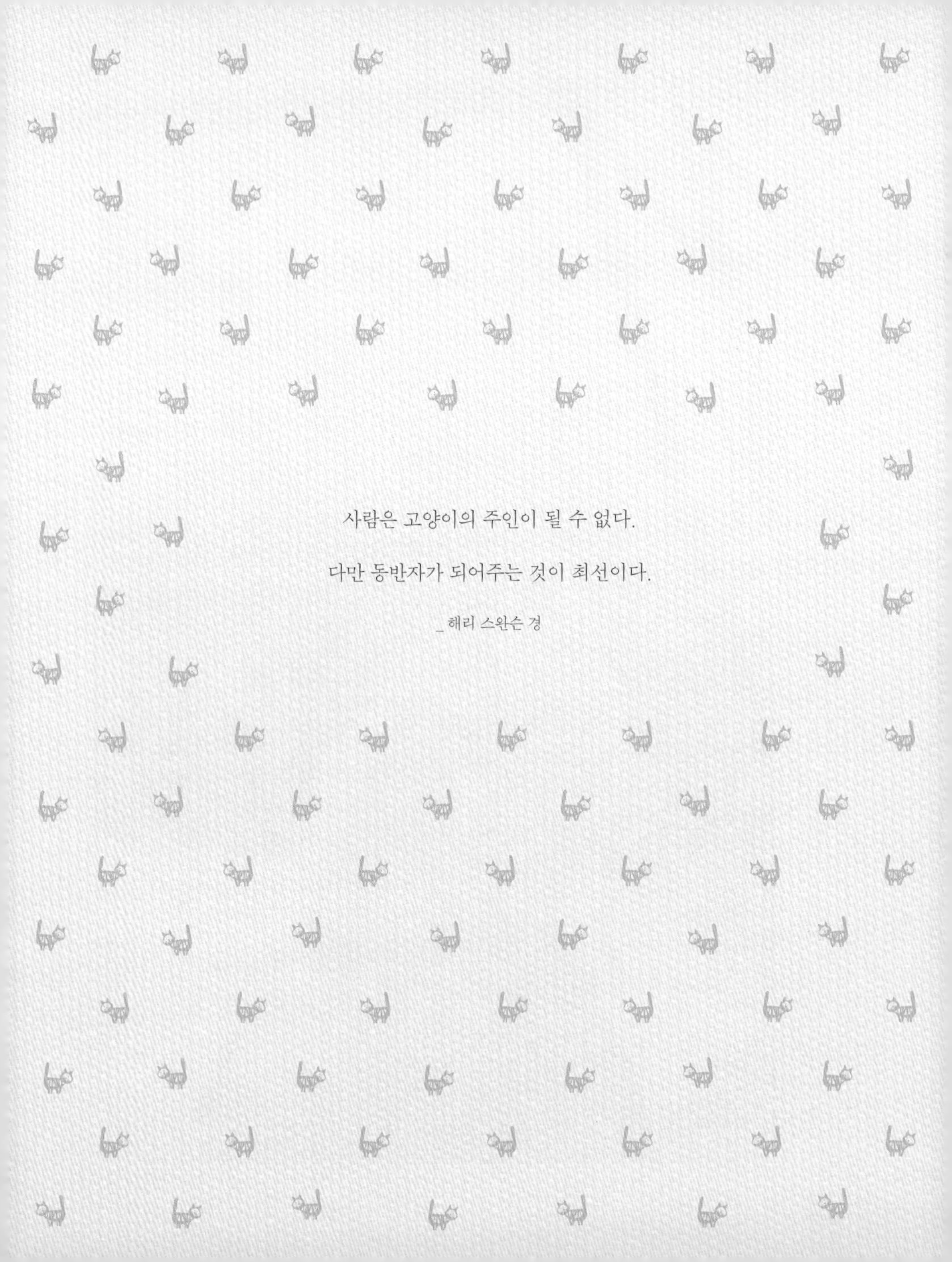

사람은 고양이의 주인이 될 수 없다.

다만 동반자가 되어주는 것이 최선이다.

_ 해리 스완슨 경

만일 우주가 도와주어 고액의 복권에라도 당첨된다면, 오랫동안 꿈꿔왔던 고양이 농원을 꾸미고 싶다. 고양이가 좋아하는 개다래나무와 개박하로 울타리를 둘러치고, 원목 캣타워로 꾸민 중정에는 잔디 대신 캣그라스를 심는 거다. 그 옆에는 징검다리가 있는 작은 연못을 두어 징검돌마다 한 마리씩 물 마시는 고양이가 앉아 있어도 좋겠다. '1묘 1주택'을 현실화해 아늑한 집 한 채씩 내어주고, 식사 시간이면 '야옹벨'을 흔들어 고양이를 불러 모아야지. 스크래처 대신 산벚나무와 감나무를 심고, 이상향에 빠지지 않는 복숭아나무도 심어야겠다. 겨울 지나 봄이 오면 꽃보다 먼저 고양이가 필 테고, 가을이 되면 단풍보다 먼저 고양이가 물들겠지. 그럼 나는 여러 마리 고양이를 거느리고 찬찬히 농원을 산책하는 거다. 뭐, 어차피 꿈일 바에 더 멋진 상상을 덧붙인들 어떠랴.

가끔 이런 꿈같은 이야기로 아내의 동의를 구해보지만, 그럴 때마다 아내는 일단 복권을 사고 나서 그런 말을 하라며 한숨을 쉬곤 한다. 하긴 현실은 복권을 살 돈으로 사료나 사고 있으니 복권의 꿈은 요원할 뿐이다.

계절은 어느덧 꿈꾸기 좋은 봄이다. 고양이들도 마루에서 나른한 잠에 빠져 사료 꿈을 꾸는지 가끔씩 입을 실룩거리고 앞발을 까딱거린다. 추위가 다 풀리지도 않았는데, 생강나무에는 벌써 노란 꽃망울이 부숭하다. 다래나무집에도 때 이른 봄이 와서 성급한 고양이들은 짧은 봄볕에 겨드랑이를 털며 기지개를 켠다. 몇몇은 새벽에 내린 서리가 녹을 때쯤 장독에 올라가 뚜껑에 고인 감로수를 음미한다.

봄 날씨가 아무리 변덕스러워도 꽃은 때를 거르지 않는다. 생강나무꽃이 질 무렵이면 산벚꽃이 꽃불 번지듯 봄 산을 물들인다. 생강나무꽃은 거들떠보지도 않던 고양이들도 만개한 벚꽃 앞에서는 동요를 보이곤 하는데, 앵두와 앙고, 거나가 특히 관심을 보이는 편이다. 녀석들은 봄바람에 살랑거리는 벚꽃 가지에 덩달아 마음이 설레는지 앞다퉈 벚나무에 오르곤 한다. 앵두는 아예 벚꽃 핀 나무에 올라앉아 바쁠 것 없다는 듯 느긋하게 그루밍까지 한다.

반면 오디를 비롯해 다른 고양이들은 벚꽃잎이 눈처럼 흩날릴

꽃냥이 TNR을 위해 포획한 아이들. 그동안 다래나무집에서는 세 번에 걸쳐 꽃냥이 TNR을 실시했다.

귀 커팅은 TNR을 했다는 표식인데, 맨 처음 중성화수술을 했던 여덟 마리 고양이는 수의사가 귀 커팅을 해주지 않아 포획할 때 식별의 어려움이 있었다.

때라야 눈을 흘긋거리며 벚나무 아래로 몰려온다. 그러나 역시 큰 관심은 없다. 녀석들은 벚꽃 지는 그늘에서 잠시 꽃구경을 하다가 까무룩 꽃잠을 자는 게 전부다. 곯아떨어진 고양이의 옆구리며 이마에 흩날리던 벚꽃이 차곡차곡 내려앉는다. 아무렇지 않게 녀석들은 툭툭 털고 도로 잔다.

벚꽃이 지고 나면 다래나무집에는 복사꽃이 흐드러진다. 복숭아나무 몇 그루만으로 골짜기 전체가 '분홍분홍'해진다. 복사꽃이 피면 고양이들은 무리 지어 복숭아나무를 오르곤 하는데, 처음에 나는 녀석들이 복사꽃을 특별히 '애정'하는 것으로 여겼다. 착각이었다. 가장 큰 복숭아나무는 창고 옆에 바짝 붙어 있어서 고양이들은 꽃 피고 지는 것과 상관없이 복숭아나무를 창고 지붕으로 올라가는 사다리 혹은 캣타워 쯤으로 여기고 있었다. 어쩐지 평소에도 나무가 붐비더라니. 이맘때 복숭아나무는 고양이가 붐빌수록 더 어여쁘다.

앵두는 어김없이 복숭아나무에 올라서도 그루밍의 여유를 잊지 않는다. 심지어 그루밍을 끝내자 나무에 배를 깔고 다리를 공중에 늘어뜨린 채 낮잠을 자기도 한다. 이유야 어쨌든 복사꽃과 어우러진 고양이들은 그 자체로 멋진 그림이다. 아무리 비싸고 고급스럽게 만든 원목 캣타워라 해도 이 분홍분홍한 복숭아나무 캣타워에는 비길 바가 못 된다. 복숭아꽃이 만개할 때쯤이면 장독대와 마당에도 두서없이 봄꽃이 핀다. 맨 먼저 꽃다지가 피면 광대나물꽃과 현호색, 민들레와 할미꽃이 차례로 피어난다. 이윽고 솜방망이가 노랗게 필 무렵이면 고양이들도 장독대에 올라앉아 저마다 앞발 뒷발 솜방망이를 핥느라 정신이 없다.

이래저래 봄은 고양이의 계절이다. 봄볕에 나른하게 누워 있는 고양이의 모습을 보고 있으면 굳이 그 이유를 설명하지 않아도 다들 고개를 끄덕일 것이다. 봄 고양이는 각양각색의 꽃과도 잘 어울려 어디에 있든 '꽃냥이'가 된다. 그러나 이 무렵 마냥 낭만적인 풍경만 펼쳐지는 것은 아니다. 이른바 '아깽이 대란'이라 불리는 길고양이 출산 시기도 늦봄에 절정을 이룬다. 모 고양이 단체에서 '꽃냥이 TNR'을 봄에 실시하는 것도 그와 무관하지 않다. 꽃냥이 TNR은 해마다 꽃 피는 계절이 되면 고양이 단체에서 고양이에게 무료 중성화수술을 해주는 전국 단위의 프로그램이다.

최근 2년간 다래나무집 고양이들은 세 번에 걸쳐 꽃냥이 TNR을 실시했다. 1차 TNR 시기에 이미 만삭이었던 어미고양이 두 마리(앵두, 삼순이)는 TNR 수칙에 따라 출산 4개월 후에야 수술할 수 있었다. 그리고 당시 태어난 아기고양이들을 대상으로 이듬해 봄 3차

기어오르지 말라고 했지.

지금은 다만

고양이와 낮잠,

위로가 필요한

시간.

TNR까지 실시했다. 하지만 여전히 포획이 안 돼 수술하지 못한 고양이들도 있다. 사실 TNR은 포획하는 사람의 고생도 크지만, 고양이들의 스트레스도 이만저만이 아니다.

다래나무집 고양이 중에는 포획을 피해 아예 영역을 떠난 고양이들도 있다. 오디, 앵두와 함께 다래나무집에 왔던 살구도 이 시기에 안타깝게 영역을 떠났다. 살구는 한 배에서 태어난 오디와 한동안 서열 다툼을 벌이다 밀려나 겨우내 집이 아닌 밭 끝자락 비닐하우스 근처에 머물며 눈치껏 밥을 먹고 가곤 했다. 고양이 세계란 참 알 수 없는 것이 형제간에도 성묘가 되어서는 대장이 되기 위한 싸움을 계속한다. 수술한 뒤에도 오디는 언제나 살구를 경계하면서도 그래도 2~3일에 한 번씩 살구가 집에 들러 밥을 먹을 때는 모른 척 눈감아주곤 했다.

TNR을 하기 위해 2~3주 정도 포획틀을 설치하자 살구는 그예 임시 영역이었던 하우스마저 버리고 다른 길을 택했다. 여러 번 아랫마을까지 내려가 살구의 이름을 부르며 찾아보았으나, 살구의 행방은 묘연했다. 살구뿐만 아니라 이웃 마을 방앗간에서 구조해왔던 노랑이들도 달콤이 한 녀석을 빼곤 차례로 영역을 떠나버렸다. 소수파인 노랑이파가 파벌 싸움에 밀려 떠난 것인지, 아니면 본래의 영역인 방앗간 인근으로 돌아간 것인지는 알 수가 없다. 영역을 떠난 세 마리 중 두 마리는 중성화수술까지 끝낸 상태였다.

반면 오디가 산에서 데려왔던 삼순이는 TNR로 어수선한 시기에 한 달 넘게 영역을 떠나 있더니 여름이 되어서야 다시 이곳에 나타났다. 그것도 조르르 다섯 마리 아기고양이를 데리고. 어디선가 녀석은 출산을 했고, 수유 기간이 끝나자마자 사료 걱정이 없는 다래나무집으로 자식들을 데려온 것으로 보인다. 삼순이에겐 미안한 일이지만, 가을로 접어들어 녀석은 앵두와 함께 나란히 중성화수술을 받았다.

알려져 있듯 고양이는 영역 동물이다. 이 영역의 개념은 마당고양이의 경우도 예외가 없어 보인다. 하나의 영역에서 여러 마리 고양이가 다 같이 행복하고 사이좋게 지내면 좋겠지만, 고양이의 세계는 그렇게 단순하지가 않다. 여러 마리의 고양이가 한 공간에 머무는 한 어쩔 수 없이 발생하는 게 영역 다툼이다. 인위적으로 TNR을 통해 개체 수 조절을 해보지만, 그 과정에서도 불가피하게 영역을 떠나는 고양이가 발생하기 마련이다.

과거 한 마을에서 사료 후원을 하며 가까이 지냈던 전원할머니댁의 마당고양이들도 일주일이 넘는 TNR 기간에 여러 마리가 영역을 떠난 것을 직접 본 적이 있다. 막상 그것이 다래나무집의 현실이 되자 안타깝고 속이 상했다. 그렇다고 그 안타까움만으로 TNR을 그만둘 수는 없는 노릇이다. 새로 태어난 고양이들이 있고, 포획되지 않은 고양이들이 있는 한 이곳의 '묘구밀도'는 늘어날 수밖에 없기 때문이다. 다래나무집이 있는 지역은 지자체의 TNR 정책도 없어서 서울이나 수도권처럼 무료(혹은 저렴한) TNR 기회가 자주 있는 것도 아니다. 모 고양이 단체의 꽃냥이 TNR이 유일한 기회라 할 수 있다.

다시 봄은 오고 꽃냥이의 계절이 돌아올 것이다. 앞으로도 TNR 과정에서 불가피하게 한두 마리 고양이와는 이별을 할 수도 있다. 그러나 고양이들아, 이것이 오히려 너희들과 함께 살기 위한 노력이고, 공존을 위한 불가피한 선택임을 이해해주기 바란다. 얼마간의 싱숭생숭한 기간이 지나면 다시금 알콩달콩한 시간이 올 것이다. 늘 그랬던 것처럼 너희들은 '명랑 발랄'하게 이곳에서 맘 편히 밥 먹고, 저마다의 취미와 안락한 일상을 누리면 된다.

간절히 원하오니,

내 뱃살 좀 빠지게 온 우주가 도와주소서!

집고양이 구한다는

광고 보고

왔다냥!

봄
이
니
까.

사방에 꽃은 피고,

.

.

.

아무도 없으니까.

고양이가 어디선가 묵은 옥수수 껍질을 가져와 논다.

고양이란 저렇게 사소한 것을 가지고도 즐거워하는 존재다.

고양이에게 지금 필요한 건 옥수수 껍질과 시간,

약간의 달뜬 마음과 훼방꾼!

그루밍도 전염이 되나요?

근데 이 꼬리꼬리한 냄새는 뭐지?

깃털 하나만

떨
어
져

있어도

하루가 즐겁다.

너희는 뭔 잠을

이렇게 창의적인 자세로

자는 것이냐?

아주 그냥 학익진과 어린진을

넘나드는구나.

* 학익진(鶴翼陣): 학이 날개를 편 듯한 모양.

* 어린진(魚鱗陣): 물고기 비늘이 벌어진 듯한 '人'자 모양.

고양이는 종종 꼬리가 자기 몸의 일부라는 것을 망각할 때가 있다. 그렇지 않고서야 자신의 꼬리를 잡아보겠다고 저렇게 열심히 돌 이유가 없지 않은가.

생각보다

높이

뛰었지만,

떨어질 때

돌 깔고 앉음.

"룰루랄라, 집에 가져가야지!"

* 길에서 옥수수 껍질을 본 고양이의 반응.

그야말로 똥꼬 발랄.

"정말이야,

이~따만 했다구!"

고양이의 쥐 잡은 이야기는

남자들의 군대 이야기만큼이나

뻥이 심하다.

이렇게 차렷 자세로 사진 찍는 애들 꼭 있다.

민들레가

있었고,

고양이가

있었다.

고양이 머리에 꽃을 꽂으면

이유 없이 귀엽습니다.

지금은 다만

민들레와 함께.

벚나무 그늘에서

잠든 앙고 녀석에게

장난 좀 쳤다.

그 러 거 나 　 말 거 나

녀석은

까무룩 꽃잠을 잔다.

벚꽃이 활짝 핀 나무에 올라가면

흥분해서 꽃 사이로

날아다니는 벌을 잡느라

정신이 없는 앙고.

다래나무집에 복사꽃이 피면

고양이들도 나무에 올라

꽃구경을 합니다.

복사꽃만큼이나 고양이가 환한

봄날입니다.

꽃 길 만 걸 어 라.

복사꽃에 취하기라도 한 걸까요? 꽃놀이고 뭐고 앵두는 복숭아나무에 엎드려 꾸벅꾸벅 좁니다. 꿈같은 고양이 꽃잠입니다.

고양이를

대신할 수 있는 건

아무것도 없어.

심지어

돌아앉은 뒷모습만으로도

풍경을 빛나게 하지.

나비야 청산 가자, 범나비 너도 가자.

가다가 저물거든 꽃잎에 쉬어 가자.

꽃잎이 푸대접하거든 나무 밑에 쉬어 가자.

-작자 미상

"식사는 하셨습니까, 형님?"

"그래, 사료 마이 무따."

좋은 걸 어떡해!

고양이들이 어디선가 가지치기 한 오미자 줄기를 가져와서 저희들끼리 낚시놀이를 할 때, 그저 우리는 녀석들을 보며 빙긋이 웃어주면 돼. 말하자면 저들은 놀이의 전문가들이야. 세상에 존재하는 모든 것을 놀이 도구로 삼지. 우리는 그저 웃자란 나뭇가지나 잘라주고, 열심히 사료 벌이나 하면서 놀이의 전문가들을 지켜보며 감탄만 하면 돼.

좋아하는

오 빠 를

만났다.

친구인 줄 알고

한 대 때렸는데,

좋아하는

옆집 누나였다.

"내 차례는 언제 오냐옹?"

밥 차례를 기다리던 아깽이, 기다림이 길어지자

만만한 녀석을 상대로 멱살잡이를 한다.

그리고 드디어 밥상을 독차지했는데….

"멱살은 무슨, 어차피 배가 불러서 물러나려 했다옹!"

물러난 고등어의 입장이랄까.

덤 앤 더머(Dumb and Dumber).

웃다가 복근 생겨도 몰라.

발목양말이

참

잘 어울리죠?

2

마당 고양이로 산다는 것

귀여운 고양이의

가장 큰 특징은

진

짜

로

귀엽다는 것이다.

앵두가 사냥한 쥐를

아깽이에게

훈련용 교보재로

제공했다.

고양이는 인간에게 기회를 많이 주지 않는다.

고양이의 신뢰를 몇 번 저버리면

얼마 가지 않아 고양이의 삶에서 제외되고 말 것이다.

_ 제프리 무사예프 마송

다래나무집은 시골동네인 데다 본 마을에서도 약 1.5킬로미터쯤 떨어진 산중에 자리해 있다. 당연히 인적이 드문 적막강산에 이따금 골짜기에서 고라니 우는 소리만 들릴 뿐이다. 산중에서는 시시각각 변하는 자연의 천변만화를 고스란히 느낄 수 있다. 때를 기다렸다가 차례차례 피어나는 꽃들과 저마다의 스케줄에 따라 새순을 내고 열매를 맺는 나무들의 질서 정연함이 산골에 가득하다.

다래나무집 고양이들은 자연에 둘러싸인 만큼 자연과 더불어 살아간다. 시골에서 마당고양이로 살다 보면 그건 무척이나 자연스러운 일이다. 봄에는 봄꽃과 어울리고, 여름엔 녹음 속에 뒹굴고, 가을엔 단풍 아래 노닐다가 겨울엔 총총 눈밭을 떠돈다. 밭고랑이 화장실이고, 은행나무와 자작나무가 캣타워이며 장독대가 놀이터이다. 체력단련을 위해 수시로 등산도 하고, 정서 함양을 위해 때때로 산책도 한다.

특히 여름에는 고양이들이 단체로 삼림욕을 즐긴다. 도심에서는 상상도 할 수 없는 일이지만, 산중 골짜기에서는 그저 흔한 풍경이다. 쨍쨍 내리쬐는 햇볕과 푹푹 찌는 무더위를 피해 고양이들은 뒷산이며 옆 산의 찔레덩굴, 칡덩굴, 으름덩굴 속으로 들어가 낮잠을 잔다. 장독대 그늘에서 피서를 즐기는 고양이도 없지는 않으나 아무래도 한낮의 더위를 식히기에는 녹음이 우거진 숲이 제격인 것이다. 해서 폭염이 계속되는 한여름이면 마당에서 고양이를 만나는 일도 쉽지 않다. 비장의 무기인 캔과 간식으로 녀석들을 불러 모을 수는 있지만, 먹고 나면 곧바로 녀석들은 입을 싹 닦고 숲으로 피신해버린다.

물론 비가 쏟아지는 날의 풍경은 사뭇 다르다. 숲으로 가지 못한 고양이들이 옹기종기 별채 마루와 현관 앞에 모여서 비를 피한다. 한번은 폭우가 쏟아지는 날 현관에 나갔다가 이런 경험을 했다. 번개가 번쩍하더니 곧바로 하늘이 쪼개지듯 천둥이 쳤는데, 저쪽에 있던 앵두와 앙고 녀석이 눈이 똥그래져서는 내 다리 밑으로 피신을 하는 거였다. 천둥이 무서워 인간의 품을 파고드는 고양이의 약한 모습이라니. 뭐 나는 대범한 보호자의 손길로 토닥토닥 두 녀석을 쓰다듬었지만, 사실 천둥이 무섭기는 나도 마찬가지였다.

마당은

우 리 가

접수했다.

영하의 날씨가 이어지는 한겨울이면 녀석들은 별채 마루 밑이나 마루 위 상자 집, 보일러실이나 창고 부엌에서 오랜 시간을 보낸다. 집 안에서 고양이를 키우는 집사들은 다들 경험했겠지만, 겨울에는 대체로 고양이가 누워 있는 곳이 가장 따뜻한 곳이다. 이건 바깥 세계에서도 마찬가지다. 녀석들은 기가 막히게 따뜻한 곳을 찾아낼 줄 알고, 권력 서열이 높을수록 따뜻한 장소에 대한 독점권도 갖고 있다. 하지만 예외도 있는 법. 다래나무집에서 가장 따뜻한 곳을 차지한 고양이는 왕초인 앙고가 아니라 안방마님인 앵두다. 이 녀석의 전용석은 바로 보일러실의 온수 파이프 위다. 녀석은 어떻게 알았는지 날씨가 추워지면 어김없이 온수 파이프 위에 배를 깔고 앉아 몸을 지진다. 앙고 녀석도 오며 가며 앵두가 찜한 핫한 장소를 흘끔거려보지만, 딱히 빼앗을 생각은 없어 보인다.

다래나무집에 눈이 내리면 고양이들의 야외 활동도 잠시 뜸해진다. 하지만 역시 예외가 있는 법. 앙고와 오디, 삼장, 몰라 등 눈에 대한 거부감이 덜한 고양이들은 평상시와 다름없이 눈밭을 거닐고 장독대에 오르고, 가끔은 폭설을 즐기듯 고양이들만의 눈놀이를 한다. 꽝꽝 얼어붙은 연못에서 미끄럼을 타는가 하면, 돌멩이 드리블로 타고난 균형 감각과 운동신경을 자랑한다. 고양이가 활동하기 좋은 봄과 가을은

마당에 이어

마루까지

우리가

접수했다.

다래나무집에도 고스란히 그 활기가 전해진다. 곳곳에 '우다다'가 난무하고, 그루밍이 번창하며 '꽁냥꽁냥'이 만발한다. 고양이를 향해 셔터를 누르는 내 손이 덩달아 바빠지는 시기도 바로 이때다.

다래나무집에 고양이가 온 지도 어언 3년. 마당고양이 3년이면 마당을 쓸기도 한다는데, 아직까지 그런 녀석을 본 적은 없다. 다만 캔이나 닭가슴살 같은 간식을 들고 나가면 여러 마리 고양이가 '발라당'을 하느라 빗자루만 한 꼬리와 보송보송한 털로 바닥을 쓸어내는 건 사실이다. 뭐 그래 봐야 이쪽에 있는 먼지를 저쪽에 밀어놓는 거지만. 도리어 현실에서는 청소보다 어지럽힐 때가 더 많지만. 3년이 지난 지금 마당에 고양이가 없는 모습은 상상조차 할 수가 없다.

사실 큰길에서 빽빽 울고 있던 오디, 앵두, 살구를 구조해 다래나무집으로 데려왔을 때, 녀석들을 받아들인 장인어른은 막연하게 쥐잡이 역할만 맡아도 좋다고 여겼다. 결과적으로 그 생각은 틀리지 않았다. 다래나무집 최고의 쥐 사냥꾼은 앵두였는데, 아깽이 육묘 중에도 하루에 몇 번씩 쥐를 잡아 와 새끼들에게 사냥 연습을 시키곤 했다. 반면 살구는 쥐를 잡아 한참이나 가지고 놀다가 그냥 놓아주곤 했다. 이걸 보면 쥐에게 은혜를 베푸는 고양이의 속을 알 수가 없다. 사냥에 가장 서툰 건 오디였다. 오디는 어쩌다 운이 좋아 눈먼 쥐라도 잡게 되면 꼭 현관 앞에 선물로 가져다 놓았다. 쥐 사냥이 감격스러운 나머지 생색을 내고 싶은 심정이랄까.

어쨌든 마당고양이 덕분에 다래나무집은 농사꾼에게 골칫거리였던 쥐로부터 비교적 안전지대가 되었다. 집이 산중 골짜기에 있어 주변에는 뱀도 무척 많았는데, 어느 때부턴가 뱀을 만나는 일도 드물어졌다. 뱀이라면 기겁을 하는 장모님은 특히 이 점을 기쁘게 여기는 듯했다. 무엇보다 장독대와 마당에서 뛰어노는 어린 아들에게 뱀은 가장 위험한 존재나 다름없었으므로 식구들 모두 그 점을 고마워하고 있다.

어쩌면 이런 현실적인 도움보다 더 큰 것은 정서적인 도움일지도 모르겠다. 오래전부터 고양이를 좋아했던 아내와 그런 아내의 영향으로 고양이를 좋아하게 된 나에게 고양이는 그저 곁에 있는 것만으로도 고마운 존재였다. 녀석들이 우리와 함께 살고 있다는 것만으로도 마음이 든든했다. 더러 고양이를 집 안이 아닌 마당에서 키운다고 비난하는 사람도 없지는 않지만, 각자의 사정에 따라 환경에 따라 집 안에서 키울 수 없는 현실적인 이유는 분명히 존재한다. 도심의 마당고양이와 산골 오지의 마당고양이를 단순하게 비교하는 것도 무리가 있다.

사실 프랑스에서는 고양이를 정원에 풀어놓고 키우는 경우도 많다. 그 때문에 우리가 '집고양이'라 부르는 용어가 이곳에서는 '정원고양이'라 불리기도 한다. 어떤 이들은 고양이를 집 안에 가두어 키우는 것이 도리어 고양이의 자유를 해치는 거라고 말한다. 한국의 현실과는 거리가 먼 이야기다. 심지어 프랑스에서는 고양이를 입양할 시에도 고양이가 활동할 공간(정원이나 마당)이 있는가를 중요한 항목으로 체크한다. 고양이의 자유를 중요하게 여기는 만큼 프랑스에서는 유기묘 대책도 엄격한 편이어서 거리에 고양이를 버린 주인에게는 어김없이 벌금을 부과한다.

영국에서는 집고양이라 할지라도 자유롭게 바깥을 왕래하는 '외출고양이'가 흔한 편이다. 흔히 '고양이 구멍'이라 불리는 외출용 고양이 출입구를 맨 처음 선보인 나라도 영국이다. 이 고양이 문에 대한 일화는 꽤 유명하다. 고양이 문을 만든 장본인이 바로 '만유인력의 법칙'을 발견한 뉴턴이기 때문이다. 뉴턴은 영국에서 애묘가로도 널리 알려져 있는데, 집고양이가 마음대로 산책하러 다닐 방법을 연구하다 현관문 아래에 고양이가 드나들 수 있는 구멍을 만들어주었다고 한다. 어느 날 뉴턴의 집에 아기고양이가 태어나자 고양이 문 옆에 아깽이를 위한 문을 하나 더 만들었다는 일화는 두고두고 웃음거리가 되긴 했지만, 그의 고양이 사랑이 어땠는지 짐작이 가긴 한다.

대체로 유럽에서는 집고양이일지라도 바깥을 자유자재로 왕래하는 외출고양이가 많은 편이고, 프랑스처럼 정원고양이도 흔한 편이다. 고양이의 천국이라 불리는 터키도 사정은 비슷하다. 동남아에서도 고양이는 집과 야외를 구분 없이 드나드는 게 일상이다. 여행자들에게 최고의 고양이 천국으로 불리는 모로코에서는 사실상 집고양이와 길고양이의 구분이 모호한 편이다. 집고양이라 할지라도 바깥출입이 자유롭고, 길고양이조차 실내 출입이 빈번하기 때문이다.

일본에서도 우리나라의 마당고양이 개념을 정원고양이(혹은 뜰고양이, Niwa Neko)라고 부르는데, 고양이를 키우는 공간에 관한 생각은 우리보다 훨씬 유연한 편이다. 〈일본 펫푸드 협회〉가 2015년 조사한 바에 따르면, 일본에서는 오로지 실내에서만 키우는 집고양이의 비율이 71.8%이고, 바깥 출입이 자유로운 외출고양이의 비율은 약 25%라고 한다.(이 통계는 내가 SNS에 올리는 고양이 관련 포스팅을 2년째 일본어로 번역, 소개해주고 있는 야마모토 씨가 건네준 내용이며, 일본의 고양이에 대한 인식에 대해서도 그는 A4 한 장 분량의 의견을 보내주었다.) 실제로 내가 보름에 걸쳐 일본 고양이 여행을 할 때도 외출고양이로 보이는 녀석들을 어렵지 않게 만난 기억

이 있다.

반면 한국에서는 워낙 고양이에 대한 인식이 안 좋은 데다 학대의 염려가 있어 외출고양이(산책고양이)나 마당고양이에 대한 시선이 곱지 않은 편이다. 백번 이해하면서도 씁쓸함을 감출 수가 없다. 물론 최근에는 일본이나 영국에서도 고양이의 외출이 로드킬과 같은 어쩔 수 없는 위험에 노출될 수 있으니 자제해야 한다는 목소리가 높다. 문제는 한국의 경우 여기에 더해 인간의 학대까지 걱정해야 한다는 것이다. 이래저래 한국은 고양이가 마음 놓고 거리를 활보하거나 자유롭게 마당고양이로 살기가 힘든 나라인 셈이다. 스스로에게 가혹하기보다는 자신보다 약한 존재들에게만 가혹한 환경이 그저 안타까울 따름이다.

이사용 박스에 대형 스티로폼 상자를 넣고 단열 에어캡으로 공간을 채워 겨울용 고양이집을 만들었다. 판매용 고양이집보다 훨씬 저렴한 비용으로 여러 마리가 한꺼번에 들어갈 수 있는 대형 고양이집이 되었다.

우중집회.

비가 오는 날이면 다래나무집 고양이들은

이렇게 단체로 고양이 마루에 모여

비를 피합니다.

당신이 건넨 사료로 하루를 삽니다.

당신이 베푼 자비로 평생을 삽니다.

공기 반 냥이 반. 자주 모이는 마당놀이 주역들이 다 모였네.

지구정복 따위 귀찮으니까,

우리는 여기서 그냥 뒹굴거리기로 한다.

천진난만 & 표정불만.

자고로 고양이는 얼굴이 커야 하는 거야.

아깽이 너도 커서 우리처럼 훌륭한 대갈장군이 되어야 해,

알았냥?

아깽이 사진 잘 찍는 법

그냥 아무렇게나 막

찍어도 됩니다. 참 쉽죠?

자세히 안 봐도

예 쁘 다 .

오래 안 봐도

사 랑 스 럽 다 .

함부로

깜찍하게.

"고양이들은 완벽한 자아도취에 빠져 있다. 그것은 그들이 몸단장하는 데 얼마나 많은 시간을 보내는지를 보면 알 수 있다."

-제임스 고맨

신이 고양이를 만들 때,

호기심 한 스푼

도도함 두 스푼

'백치미'도 한 스푼

그리고 마지막으로 귀여움을

아, 으악,

통째로 쏟아버렸드~아!!

고양이의 그루밍을 살펴보면, 어느 순간 희한하게 서로 동작과 타이밍을 맞추고 있음을 보게 된다. 우연의 일치라기보다는 박자를 맞추고 있다는 느낌적 느낌.

무언가에 열중하는 모습은

아름답다.

삼묘대면.

삼묘외면.

고양이는 시계 방향으로 돈다.

그곳이 어디든,

고양이가 있는 곳이 고양이가 있어야 할 곳이다.

고양이가 있는 집이

고양이의 집인 것처럼.

"잠깐 눈 좀 감아봐!"

거침없는 애정 행각.

아 진짜

눈 뜨고 못 보겠네.

다정해서 부러운 커플.

*하지만 현실은 중성화 커플.

눈에는 눈!

이에는 이!

한여름 고양이들에게 유행하는 자세. 여름엔 팔베개, 좀 쌀쌀한 계절엔 식빵 자세,

한겨울에는 또 냥모나이트. 계절마다 고양이의 유행 자세도 바뀐다.

"분신사바,

냥신사바.

웅앵웅

초키포키!"

"봉만 보이면 자꾸
춤을 추게 된단 말이지."
전직이 의심스러운 고양이.

이거나 먹… 아니 사, 사료나 드세요!

궁금냥이.

당신의 심장을 폭행하러

이 세상에 왔다.

완벽에 가까운

냥모나이트.

야옹하고 자빠졌네.

가만 있어봐,

청순 고양이로

만들어줄게.

가지 마!

잠깐만 우리

이러고 있자.

이 난국에 어김없이 가을은 와서

아랑곳없이 평화로운 고양이를 봅니다.

집사야! 오, 오해다냥.

우리 절대 그런 사이 아니다냥!

"무사태평으로 보이는 사람들도
마음속 깊은 곳을 두드려보면
어딘가 슬픈 소리가 난다."
-나쓰메 소세키, 『나는 고양이로소이다』

흐린 날에도

고양이가 올라앉은 자작나무는

제법 운치가 있다.

노랗게 물든 은행나무와 고양이.

'가을가을'한 풍경.

"길 위에

고양이가 산다.

그리고

사람이 산다."

-영화 〈고양이춤〉

너에게

가는

길.

길

곰

한

마

리.

눈밭에 꽃도장을 찍으며….

앙고에게

눈을 뭉쳐 던져줬더니,

이 리 　굴 리 고 　저 리 　굴 리 며

한참을 가지고 논다.

마당에서 일어난 추돌 사고 현장입니다. 앞냥이와 뒷냥이가 서로 급정거로 인한 추돌이다, 안전거리 미확보다 하면서 실랑이를 벌이고 있습니다. 제가 볼 땐 쌍방과실 같아 보입니다만….

노랑 펭귄.

"이게 대체 뭔 일이다냥!"

눈이 와서 놀란 눈.

묘생 처음 눈을 만난 고양이의 표정.

"고양이 좋아하세요?"

"그럼요!"

"왜 좋아하세요?"

"그냥."

그냥 고양이가 좋았다.

3

어쩌다 여기서
고양이 같은 걸
하고 있을까

집배원 아저씨가 오늘은

편 지 　 대 신

고 양 이 를

놓고 간 모양입니다.

앵두나무에

올

라

간

앵두.

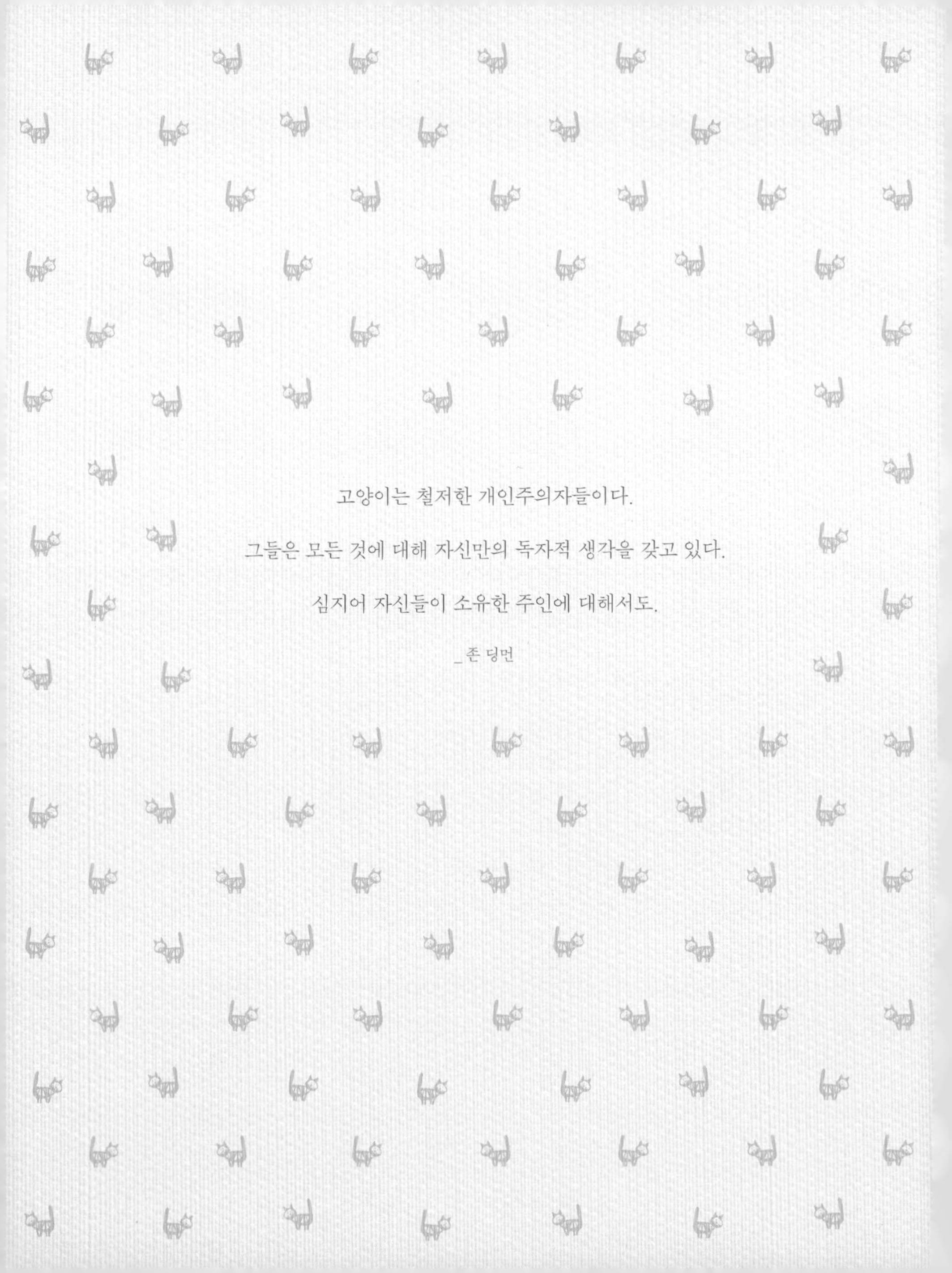

고양이는 철저한 개인주의자들이다.

그들은 모든 것에 대해 자신만의 독자적 생각을 갖고 있다.

심지어 자신들이 소유한 주인에 대해서도.

_ 존 딩먼

애묘인들 사이에서는 고양이마다 개성과 습관의 차이를 가리켜 '개묘차'라는 말을 쓴다. 여느 동물도 마찬가지겠지만, 고양이는 한배에서 태어난 형제라 해도 그 개성이 천차만별이다. 어떤 고양이는 까칠하고, 어떤 고양이는 다정하다. 수다쟁이 고양이가 있는가 하면 무뚝뚝하고 심드렁한 고양이도 있다. 언제나 게으른 고양이와 함께 매사에 바지런하게 돌아다니는 고양이가 공존한다. 행동과 표현이 진지하고 신중한 고양이도 있고, 실수투성이에 개그묘의 피가 흐르는 고양이도 있다. 저마다 식성도 다르고 취미도 다르다.

다래나무집 최초의 고양이 앵두는 새침데기 공주과다. 별명도 '앵두아네트'다. 처가의 전언에 따르면 앵두는 요즘 집에 있는 시간보다 바깥을 떠도는 시간이 더 많다고 한다. 장인어른과 장모님이 산책하러 나갈 때면 집에서 제법 멀리 떨어진 산이나 숲에서 앵두가 알은

봉숭아꽃도 잘 어울리는구나,

오디야!

체하며 부를 때도 많단다. 그렇다고 딱히 따라오거나 뭔가를 원해서 그런다기보다는 그냥 자기가 거기 있다는 것만 알리고 제 볼일을 본다는 것이다. 그런데 희한한 것은 우리 부부가 다래나무집에 가는 주말이면 어김없이 녀석이 현관 앞에 앉아 있다가 마중을 나온다.

앵두의 마중이 무슨 신호라도 되는 듯 한발 늦게 꼬꼬마 고양이들까지 모두 나와 발라당을 하며 야옹거린다. "와아! 캔따개가 왔다!" 뭐 그런 환영의 인사인 것이다. 매일같이 하루 두 번 사료를 주는 이는 장인어른이건만, 녀석들은 그 은공도 모르고 간식을 주는 나에게 더 열광한다. 한번은 장인어른이 고양이들의 이런 행동을 두고 혀를 끌끌 차며 섭섭함을 토로했다. "저것들이 모시고 사는 며느리보다 어쩌다 한번 와서 용돈 주고 가는 며느리만 더 이뻐하는 시어머니, 딱 그 짝이구먼!"

언제나 맨 앞에서 가장 열렬하게 나를 반기는 앵두의 식성은 좀 까다로운 편이다. 사료는 아무거나 잘 먹지만, 간식 캔은 입에도 대지 않는다. 내가 집에서 분유를 먹여 키울 때도 하루에 한 번은 닭가슴살을 잘게 으깨어 분유에 섞어준 기억 때문인지, 간식은 오로지 닭가슴살만을 탐한다. 때문에 나는 휴일 간식 시간에도 다른 고양이들에게 캔을 나눠주고는 따로 앵두를 불러 닭가슴살을 챙겨주곤 한다. 안

날씨가 쌀쌀해 오디에게 나뭇잎 이불을 덮어주었다.

이제 오디는 이깟 장식쯤은 대수롭지도 않다는 듯,

그루밍까지 하는 여유가 생겼다.

주면 줄 때까지 현관 앞에서 냐앙거리며 시위를 하니 안 줄 수가 없다. 그로 인해 다래나무집에서는 "사료가 없다고? 닭가슴살을 먹으면 되지!"라는 앵두아네트의 발언을 사실로 믿고 있다. 그런데 알고 보면 녀석은 다래나무집 고양이 중에 사냥을 가장 잘하는 반전 매력을 지니고 있다. 사냥을 잘할 것처럼 생긴 오디가 사실은 사냥에 맹탕인 반면 앵두는 곧잘 쥐나 뱀을 잡아 새끼들에게 연습용으로 제공한다.

오디는 사냥 실력은 앵두에게 한참 떨어지지만, 싸움 실력은 나쁘지 않아서 2년 가까이 다래나무집의 왕초 노릇을 했다. 왕초답게 녀석은 머리가 커서 다래나무집의 공식 '대갈장군'이기도 했는데, 중성화수술 이후 머리의 성장이 멈춰 '머리가 큰 고등어 고양이'를 좋아하는 아내는 몹시 섭섭해하기도 했다.(고양이의 수컷은 머리가 큰 경우가 많다. 호르몬의 영향으로 강한 수컷일수록 머리가 크다. 이것을 이빨의 무는 힘과 연관시키기도 하는데, 이빨의 무는 힘이 세다는 것은 곧 전투력이 강하다는 얘기다. 우리 주변의 왕초 고양이가 모두 예외 없이 머리가 큰 이유도 그 때문이다. 다만 고양이가 사람이 먹는 짠 음식을 먹어서 얼굴이 붓는 것과 호르몬의 영향으로 머리가 커지는 것은 별개의 문제다.)

오디는 자신의 권좌에 도전하는 수컷들에게는 가차 없이 무력을 사용하는 왕초였지만, 딱히 위협이 필요 없는 고양이들에게는 한없이 너그러운 고양이였다. 과거 방앗간에서 구조한 노랑이 아깽이들에게 한동안 체면 따위 버리고 빈 젖을 물렸던 사건은 다래나무집 식구들이 두고두고 꺼내는 일화이기도 하다. 사람에게도 녀석은 꽤 다정한 편이다. 특히 자신을 가장 예뻐해주는 아내에게 살갑게 구는데, 오랜 시간 안겨 있어도 참고 견디는 인내력 또한 갖췄다. 특이한 것은 녀석이 누워 있을 때 무엇이든 몸 위에 올려놓아도 한동안 가만히 있다는 점이다. 때문에 나는 녀석에게 꽃과 나뭇잎을 올려놓는 장난을 자주 쳤는데, 벚꽃이며 능소화, 봉숭아, 민들레, 산목련 이파리와 벚나무 단풍을 제철에 맞춰 올려놓고 사진을 찍곤 했다.

세월이 흐르면 고양이 세계에서도 권좌와 세력의 판도가 바뀌는 법이다. 오디, 앵두, 살구 남매보다 1년 늦게 다래나무집에 온 앙고는 앵두의 품에서 앵두네 새끼들과 함께 마치 한 식구처럼 자랐지만, 성묘가 되어서는 타고난 힘과 카리스마로 단숨에 오디를 밀어내고 왕초의 자리에 올랐다. 얼굴 크기로 보자면 분명 오디보다 작은데, 길이가 긴 앞발이 위력을 발휘했던 걸까. 녀석은 전체적으로 다른 고양이보다 덩치가 크고 다리가 긴 편이다. 하지만 일찌감치 중성화수술을 해서 얼굴이 그리 큰 편은 아니다.

요즘 자꾸 배가 나와 아침운동 하기로 했다냥!

사실 다래나무집과 인접한 산 아랫집에도 마당고양이가 있는데, 그 집에서는 꼬리가 짧은 수컷 고양이가 왕초 노릇을 하고 있다. 녀석은 중성화수술도 안 돼 있고, 오디가 이곳의 왕초였던 시절부터 다래나무집을 넘나들며 골짜기 전체의 왕초로 군림해왔다. 다래나무집 어느 고양이도 녀석의 상대가 되지 않는지라 녀석이 뜨기라도 하면 다래나무집 냥이들은 그야말로 혼비백산하며 아비규환이 되곤 했다. 사실 다래나무집 고양이 중 몇몇 녀석이 영역을 떠난 데에 이웃집 왕초의 '보이지 않는 손'이 작용한 것이 아닌가, 의심되기도 한다.(이건 어디까지나 추측이다.) 이웃집 왕초는 주로 오디 집권 말기에 다래나무집을 제집 드나들듯 했는데, 당시 분연히 일어나 폭거에 항거한 고양이가 바로 앙고다.

한동안 이곳의 왕초였던 오디는 이웃집 왕초의 침입에 맞서 싸우느라 얼굴이며 발등이 성할 날이 없었는데, 보다 못한 앙고가 오디를 도와 함께 싸우기 시작했던 것이다. 그 결과 앙고는 이웃집 왕초를 제압하지는 못해도 녀석이 제집처럼 이곳에 드나들지는 못하게 만들었다. 물론 이웃집 왕초는 이후에도 호시탐탐 사료와 간식이 넘치는 이 복된 영역을 기습적으로 침입하곤 했다. 여전히 일대일 싸움에서는 앙고도, 오디도 녀석의 상대가 되지 못하기 때문이다. 그런

고양이는 인간과 같은 공간에 살지만,

전혀 다른 시간을 산다.

데 카리스마 넘치는 앙고도 아들 녀석 앞에서는 모든 권위를 내려놓고 애교를 떤다. 가끔 나와 아내가 앙고를 쓰다듬을 때면 '이제 그만 좀 만져.'라는 듯 발톱을 내밀 때도 있지만, 아들 앞에서만큼은 앙고도 순한 양처럼 군다. 아들이 가장 예뻐한다는 사실을 녀석도 잘 알고 있는 듯하다.

방앗간에서 구조해 이곳에 온 달콤이(노랑이)와 앵두가 낳은 자몽이(역시 노랑이)는 콘셉트도 비슷한 개그묘 노릇을 한다. 가끔 낚시놀이라도 할라치면 달콤이는 특유의 뱃살을 출렁거리며 가장 열성적으로 놀이에 임한다. 그 무거운 몸으로 뒤뚱거리며 점프에도 열과 성을 다한다. 하지만 녀석이 출렁거리는 몸으로 점프하거나 풀쩍 뛰어 항아리에 오르는 모습을 보면 웃음이 절로 난다. 어떤 행동을 해도 둔하고 어설픈 게 티가 난다. 실수도 잦아서 툭하면 슬랩스틱 코미디를 선보이는데, 그럴 때마다 민망함을 감추려 '나 처음부터 그루밍하려고 했어.'라는 듯 뜬금없는 그루밍에 '원래 여기서 발라당 하려고 했어.'라는 듯 느닷없는 발라당을 선보인다. 이런 점은 자몽이도 비슷하다. 역시 녀석 또한 낚시놀이의 단골손님이며 실수의 대가이다. 다만 녀석은 달콤이와 달리 실수를 하더라도 민망해하기보다는 뻔뻔하게 '그럴 수도 있지'라는 마인드를 가지고 있다. 항아리 몸매인

인 녀석은 달콤이에 비하면 그래도 날씬한 편인데도 점프에는 몹시 소극적이다. 똑바로 일어서서 열심히 팔만 올리다 만다. 그러다가는 "아이고, 힘들어." 하면서 곧바로 드러눕는다. 누운 김에 발라당을 하는 건 기본인데, 녀석이야말로 다래나무집 고양이 중에 가장 화려한 발라당 기술을 보유하고 있다. 몸 비틀어 발라당에 만세 발라당, 발라당으로 몸을 굴려 10미터 정도 가는 것쯤은 일도 아니다.

이래도 좋고, 저래도 좋고, 좋은 게 좋은 거라는 생각을 지니고 사는 고양이는 보리다. 옆에서 누군가 싸우고 있으면 중간에서 서로 말리다 양쪽으로부터 다 얻어터지고, 한창 어린 고양이들에게 차례를 양보하고 가장 늦게 밥을 먹는다. "인간사 야옹지마 냥수래 냥수거." 하면서 해탈한 표정으로 마루에 앉아 이리저리 날뛰는 중생들을 바라보는 건 보리의 주된 일과다. 오죽하면 처가에서는 녀석을 보리라는 이름 대신 '멍선생'이라 부를까.

그 밖에도 다래나무집에는 저마다 개성이 강한 고양이들이 나름의 존재감을 드러내며 다 같이 어울려 살아간다. 성묘가 되어서도 여전히 귀여움을 담당하고 있는 몰라, 등 뒤에 어설픈 하트무늬가 있는 삼장, 어디든 따라와 맨 앞에서 늘 '나 여기 있어요.' 하는 눈빛으로 바라보는 따랑이, 따랑이를 밀어내고 뒤늦게 무리의 맨 앞으로 나오기 시작한 열어비(언밸런스 헤어스타일 때문에 열없게 생겼다고 지은 이름이지만, 그래서 더 귀여운 고양이), 앞발 뒷발 양말을 짝짝이로 신은 짝짝이, 다래나무집의 상징적인 이름을 얻은 다래 등등.

사실 알 수 없는 고양이의 행동은 아무리 이해해보려 해도 알 수 없는 경우가 대부분이다. 다만 인간은 그런 알 수 없는 고양이의 행동을 자의로 해석하거나 왜곡하기 좋아한다. 다수의 애묘인은 '이래서 이랬을 거야, 혹은 저래서 저랬을 거야.' 하고 마냥 고양이를 이해하고 넘어가는 경향이 있다. 하지만 대부분의 고양이는 그러거나 말거나 신경도 쓰지 않는 것 같다. 그들의 눈에 집사란 어쩌면 캔이나 따주는 '캔따개(독일에서는 고양이 집사를 '도젠외프너(Dosenöffner)'라 부른다고 함. 직역하면 '캔따개'라는 뜻)'이거나 낚싯대를 흔드는 '냥태공' 일 수 있으므로.

먹방 중에 최고는 역시 주먹방이지.

고양이 앵두가 정말로 앵두나무(물앵두)에 올라가리라고는 생각도 못했는데,

태연하게 앵두나무에서 낮잠까지 즐기는 것이었다.

고양이에게 능소화 꽃장식. 소꿉놀이하는 아들에게 꽃밥이나 만들라고 떨어진 능소화를 한 움큼 주워다 줬더니, 소꿉놀이는 제쳐두고 옆에 있던 오디에게 능소화 데커레이션을 '시전하는' 거였다. 오디는 곁에 있던 아내에게 당신 아들 좀 말리라며 구원의 눈빛을 보냈지만, 아내마저 꽃놀이에 동참, 오디에게 온갖 꽃장난을 쳤다. 성격 좋은 오디 녀석은 모자의 꽃장난과 사진만 찍어대는 아빠의 만행을 다 받아냈더랬다. 능소화처럼 어여쁜 여름날이었다.(한때 능소화 꽃가루에 독성이 있어 꽃가루를 만진 손으로 눈을 비비면 백내장을 유발하거나 실명할 수 있다는 괴담이 SNS에 떠돌았는데, 최근 산림청 국립수목원의 연구에 따르면 능소화 꽃이나 꽃가루에는 독성이 없는 것으로 밝혀졌다.)

냥연자실,

냥포자기한 오디.

숨막히는

뒤

태.

이번엔 나팔꽃이냐?

적당히 해라.

내가 이 구역의 대장냥이다!

내가 이 주먹 하나로 이 자리에 올랐다.

나의 소중한 주먹, 잘 다듬어야지.

이 쑤시냥?

치실까지 사용하는 꼼꼼함.

눈도 오는데,

넌 왜 거기서 부엉이처럼

앉아 있는 것이냥?

요즘 이 집 주인장 혈색이

안 좋아 보여 선물을 준비했다.

아주 통통한 놈으로….

암말 말고 걍 넣어두라냥!

목에 두르면 목도리,

발에 두르면 발도리.

나는 생각한다.

고로 존재한다.

대장냥이 앙고는 모험심이 강하고,

늘 거침없는 성격이다.

자작나무에 오를 때에도

터프한 성격이 고스란히 나온다.

그냥 평범한 그루밍은 싫다.

"저 그루밍하고 있어요!"

손 들고 그루밍하는 달콤이 녀석.

어느 날 우연히 우주와 교신하는

달콤이 녀석을 보았다.

그
분
이

오셨어요.

"최선을 다하는 삶이
꼭 옳은 삶은 아니란다."
-영화 〈도그빌〉

창조적인 발라당의 소유자, 자몽이.

만세 발라당, 슈퍼맨 발라당, 발라당으로 포복하기까지

포복절도하는 발라당이 난무한다.

내가 앉는 곳이 내 자리요,

내가 눕는 곳이 내 침대니라.

액션 고양이.

몰라는 가히 점프의 달인이자 공중부양의 대가라 할 수 있다.

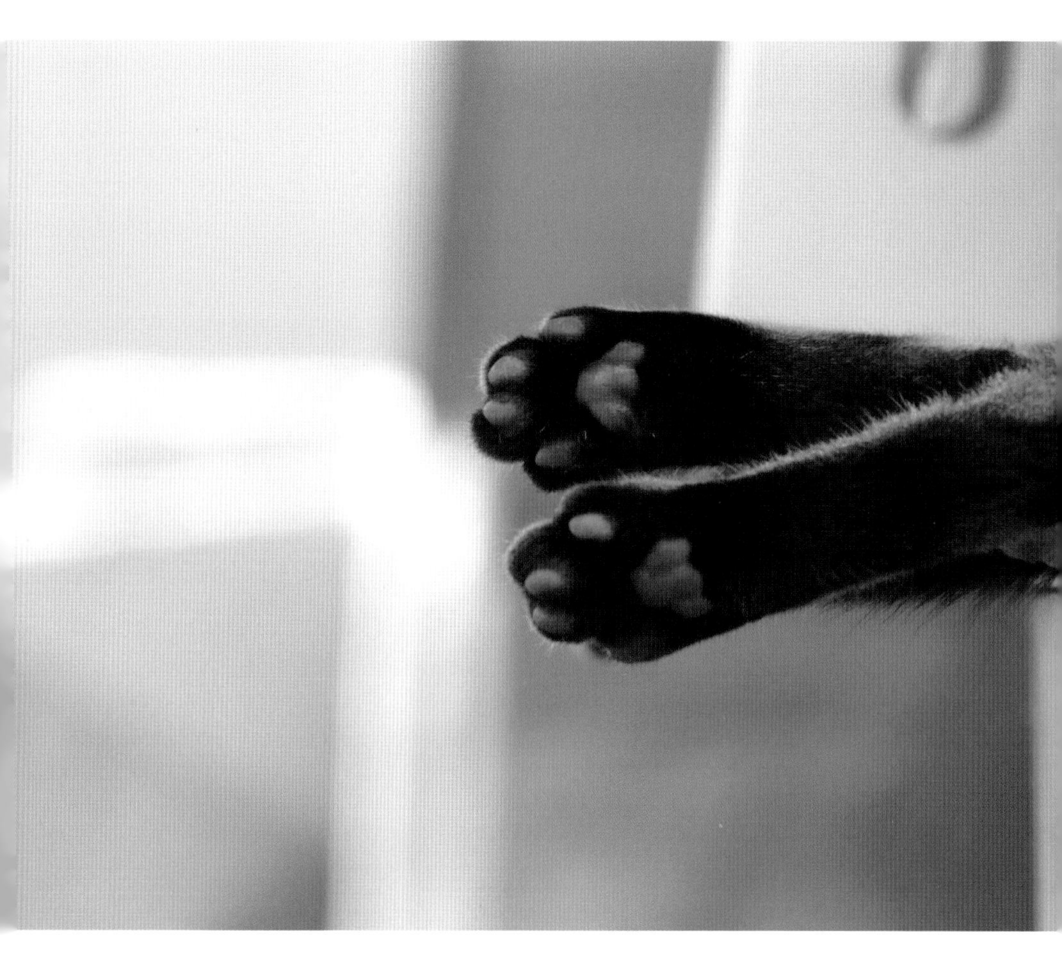

보리의 매력적인 초코젤리.

오른쪽을

보시오.

왼쪽을

보시오.

잘했소.

"수리수리 묘수리 얍~!"

고양이 분신술.

"너 양말 짝짝이야!"

뒷발에 신은 양말 앞발에 신겨주고 싶은 이 아이,

1년 후 이렇게 자랐습니다.

짝짝이 양말도 여전하네요.

아침 운동 나오셨나 봐요.

엄마가 최근 유행하는 '투블록' 스타일로

머리 잘라준다고 할 때 뭔가 좀 이상하더라니!

4

고양이의 보은

고양이는

해

치

지

않아요.

귀여움이 세상을

구원할 수 없을지는 몰라도

당

신

을

'고양이 바보'로

만들 수는 있지.

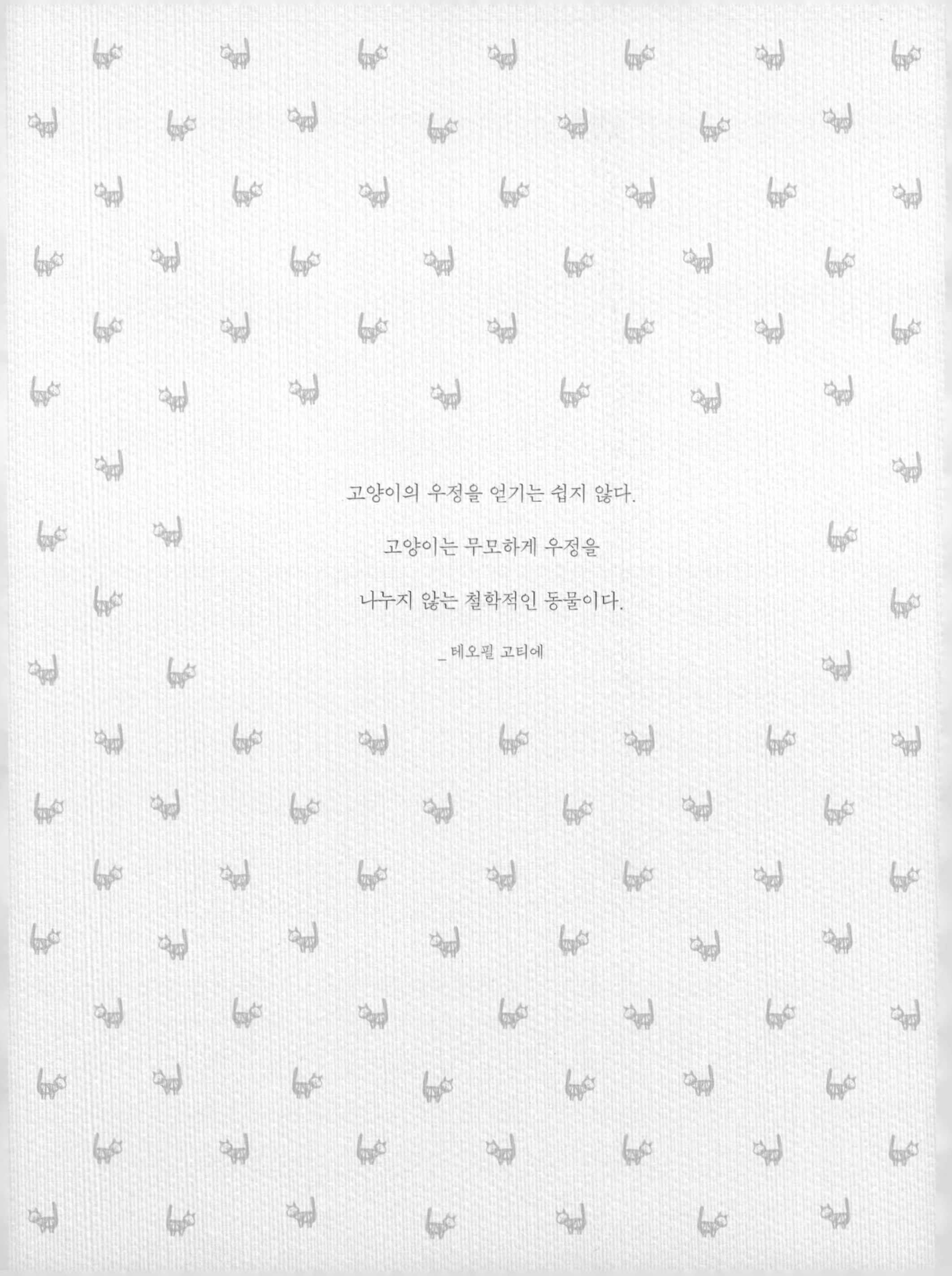

고양이의 우정을 얻기는 쉽지 않다.

고양이는 무모하게 우정을

나누지 않는 철학적인 동물이다.

_ 테오필 고티에

아들에게 물었다. "가장 좋아하는 동물이 뭐야?" 어려서부터 고양이와 함께해왔고, 아빠가 고양이 작가이니 내심 '고양이'라는 답을 기대하고 있었건만, 아들은 잠시의 망설임도 없이 '호랑이'라고 답했다. "왜?" "힘이 세니까!"

일곱 살 된 아들이 벌써 힘의 논리를 내세울 줄이야. 어쨌든 호랑이도 고양잇과이긴 하다. 아들은 고양이가 사람 옆에 당연하게 존재하고, 사람이 고양이와 함께 사는 것을 당연하게 받아들이는 것 같다. 말하자면 호랑이는 현실과 거리가 먼 동경의 대상이고, 고양이는 당연한 현실이므로 그 소중함을 미처 깨닫지 못한 것일 게다. 물론 아들의 생각과 무관하게 그려본 내 생각이다.

한번은 아들에게 엄마 아빠의 직업을 물어본 적이 있다. 아들은 엄마에 대해서는 자신 있게 '회사 다니는 사람'이라고 대답했다. 하지

고양이 함부로 욕하지 마라.

너는 누구에게 한 번이라도

똥꼬 발랄한 사람이었느냐.

만 아빠에 대해서는 한참이나 망설이다가 '고양이 밥 주는 사람'이라는 대답이 돌아왔다. "그래, 나중에 아빠 직업란에 '고양이 밥 주는 사람'이라고 꼭 써라." 다른 사람은 어떻게 생각할지 몰라도 아들에게 내가 고양이 밥 주는 사람으로 보이는 것은 그리 나쁘지 않았다. 이래저래 아들은 어려서부터 고양이에게 밥 주는 아빠의 모습을 일상적으로 보아온 터라 고양이에게 밥 주는 일을 당연히 그래야 하는 것쯤으로 알고 있었다. 그걸로 됐다.

자신이 태어나면서부터 집 안에 있는 고양이들과 1년 가까이 함께 살았다는 사실을 아들은 기억하지 못한다. 아들의 기억에는 네 살 때 세 마리의 고양이(오디, 앵두, 살구)를 만났고, 이후 여러 마리의 고양이가 다래나무집에 왔다는 사실만이 생생하다. 아들은 여섯 살이 끝나갈 무렵에야 인근의 병설유치원에 다니게 되었는데, 그 전까지는 외딴 산골에서 고양이들이 유일한 친구였다.

아들이 밖에서 놀 때 주위에는 언제나 고양이가 있었다. 주로 아들의 놀이터가 되곤 했던 장독대는 고양이들에게도 놀이터나 다름없어서 아들과 고양이들은 장독대에서 주로 만났다. 대체로 고양이들은 아들의 소꿉장난에 관심이 많았다. 아들이 각종 열매와 꽃으로 만화에나 나올 법한 '마녀의 약물'을 만들고 있으면 어김없이 고양이들이 다가와 뚫어지게 쳐다보곤 했다. 개중에는 '재는 맨날 먹지도 못하는 걸 만든다'면서 실망한 고양이도 있겠지만, 대개는 신기하다는 듯 관심을 보였다. 특히 아들과 친분이 두터운 앙고 녀석은 노골적으로 자기도 소꿉장난에 끼워달라며 얼굴을 비비거나 바짓가랑이를 잡고 늘어졌다.

아들과 함께 산책하러 나갈 때도 어김없이 앙고나 앵두가 동행했다. 평소 아들의 놀이에 관심을 보이던 고양이들도 산책을 나갈 때면 다들 모르는 척 제 볼일을 보는 데 반해 앙고와 앵두는 늘 경호원처럼 아들을 따라다녔다. 녀석들은 거의 집에서 1킬로미터 남짓까지 따라오곤 했는데, 어느 지점에 이르면 숲으로 들어가 산책을 마치고 돌아오는 우리를 기다려 동행하곤 했다. 멀리서 아들과 고양이가 함께 산책에서 돌아오는 모습을 지켜보노라면 나도 모르게 흐뭇해져서는 그저 한참을 아무 생각 없이 바라보게 된다.

한번은 객토한 밭에 돌을 주우러 일가족이 총출동한 적이 있다. 이날따라 무슨 바람이 불었는지 앵두와 앙고는 물론 오디까지 줄레줄레 따라나섰다. 밭에 도착해 식구들은 돌멩이를 나르고 고양이들은 뭐가 그리 신났는지 눈 만난 개처럼 뛰어다녔다. 아내와 아들은 돌 줍는 시간보다 고양이와 노는 시간이 더 많았다. 돌을 한 움큼 나

캔 맛을 처음 본

아깽이의 표정!

르고 나서는 고양이와 30분을 놀고, 또 한 번 나르고 1시간을 놀고, 이건 숫제 고양이와 나들이를 온 거나 다름없었다. 일한다면서 사진기를 들고 나온 나도 마찬가지였다. 설렁설렁 큰 돌이나 몇 개 옮겨 놓고는 내내 고양이와 어울렸다. 우리와 달리 아까부터 열심히 돌을 나르던 장모님은 "아이고, 소풍 나왔네, 소풍!" 하시면서 두어 시간 만에 철수 명령을 내렸다. 기다렸다는 듯 우리는 고양이들과 앞서거니 뒤서거니 하면서 집으로 돌아왔다. 이날의 교훈은 일터에 고양이가 있으면 일이 안 된다는 것.

사실 사람과 고양이가 친해진다는 것은 행운이 따라야 하는 일이다. 무슨 말인고 하면 고양이가 사람을 무서워해서도 안 되고, 사람이 고양이를 싫어해서도 안 되며, 양쪽이 어느 정도 좋아하는 마음이 통해야 가능한 일이다. 그 자체로 엄청난 인연인 셈이다. 그 인연을 어려서부터 이어간다는 것 또한 인연과 행운이 함께 뒤따라야 한다. 대체로 고양이는 인간 어른보다 인간 아이에게 더 친근함을 느끼는 것 같다. 우리나라처럼 고양이에게 살벌한 현실에서는 이 말이 통용되지 않을 수도 있지만, 외국에서는 아이와 고양이의 우정을 담은 책이나 사진, 동영상을 어렵지 않게 볼 수가 있고, 외신을 통해 고양이가 아이를 구했다는 이야기도 종종 접할 수 있다.

2009년 아르헨티나에서 노숙자인 아빠에게 버림받은 아기를 여덟 마리 길고양이가 음식을 물어다 먹이고 보살피는 것을 경찰이 구조한 사건은 당시 전 세계 애묘인의 가슴을 울리기도 했다. 그리고 2014년 미국 캘리포니아에서 개에게 공격당하던 네 살 제러미를 고양이가 구해낸 이야기도 세상을 떠들썩하게 했다. '타라'라는 이름을 가진 이 고양이가 아이를 구하는 CCTV 영상은 '유튜브'에 올라와 2천만 건이 넘는 조회수를 기록하기도 했다. 그뿐만 아니라 타라는 이 일로 개에게만 시상해왔던 '영웅견 상'을 받았으며, 미국 전역에서 스타 반열에 올라 야구 경기 시구에 나서기도 했다. 본래 타라는 길고양이 출신으로 자폐증을 앓고 있던 제러미와는 각별한 우정을 나누던 사이였다고 한다.

미술에 천재성을 지닌 여섯 살 소녀 아이리스와 '툴라'라는 이름을 가진 고양이의 특별한 우정도 화제가 되었다. 심각한 자폐증을 앓던 아이리스는 타인과 대화는커녕 또래 아이가 다가오기만 해도 비명을 지르던 아이였지만, 고양이 툴라를 만나면서 조금씩 마음을 열고 세상과 소통했다고 한다. 이 아름다운 이야기는 나중에 『아이리스』라는 책으로도 출판되었다. 『프레이저가 빌리를 만났을 때』라는 책도 자폐증을 앓는 프레이저와 인간이 버리고 간 아기고양이 '빌리'

가 만나 교감을 나누고 마음을 치료해가는 과정을 담은 이야기다. 사실 외국에서는 이와 같은 '동물매개치료'가 활발하게 이루어지고 있지만, 우리나라에선 이제야 겨우 관심을 두기 시작한 단계이다. 전문가들은 강아지나 고양이와 교감하고 접촉하는 것만으로도 스트레스를 완화하고, 엔도르핀 분비가 증가해 정서적 안정을 가져온다고 말한다. 굳이 치료가 목적이 아니더라도 어려서부터 강아지나 고양이와 함께 자란 아이는 책임감이 늘고, 공격성이 줄어든다는 연구가 있다. 이래저래 반려동물이 아이들의 정서에 좋은 영향을 끼치는 건 사실이다.

처음 다래나무집에 세 마리 고양이를 데려왔을 때 나의 바람은 단순했다. 차도에 나가 울던 아기고양이를 구조해 이곳으로 데려온 만큼 그저 녀석들이 안전한 곳에서 배곯지 않고 살기만을 바란 것이다. 고양이들에게 아들의 친구가 되어달란 적도 없고, 멋진 사진을 위해 모델이 되어달란 적도 없다. 하지만 고양이들은 오랜 시간 심심한 아들의 놀이 동무가 되어주었고, 나와 아내의 손길도 허락해주었으며, 이따금 결정적 순간을 제공함으로써 솜씨 없는 나의 사진 촬영과 책 출간까지 도왔다. 우리가 고양이에게 인정을 베푸는 만큼 고양이도 우리에게 고양이의 방식으로 보은한 셈이다.

백 마디 말보다 한 번의 눈맞춤.

우리가 오늘 이렇게 마주앉아 눈맞춤 했다는 것을

오래오래 기억하자. 잊지 말자 오늘을….

아깽이 시절에는 한낱 나뭇가지라도 한참을 가지고 논다. 굴러가는 낙엽만 봐도 달려가 잡으려 하고, 한나절 낙숫물을 구경해도 지루한 줄 모른다. 봄날에 꽃잎이 휘날리면 이리 뛰고 저리 뛰고 꽃잎을 잡느라 정신이 없다. 고양이가 이 모든 것에 시큰둥해졌다면…, 말할 것도 없이 성묘가 된 것이다. 고양이에게 나이가 든다는 건 호기심이 점점 사라진다는 것이다.

편지 왔냐옹?

나무마다 새순이 돋고,

산 벚 꽃 이　만 개 한　봄 날 에

고양이와 함께 봄나들이 갑니다.

계곡물은

졸 졸 졸 졸 ,

고양이는

야 옹 야 옹 .

꼬 마 인 간 !

그거 혹시 우다다 하는 거냐옹?

마녀의 물약을 만들겠다는

아들.

재료를 조달해주는

아내.

한심하게 쳐다보는

고양이.

아들과 앙고의

냥지창조.

안녕!

우리는 이렇게 인사해.

우리만의 방식이지.

오디와의 강제 악수.

고양이들이 아들과

놀 아 주 느 라

애쓴다.

말 없는 아이도 고양이와 함께 살다 보면

수 다 쟁 이 가 된 다 .

고양이와 나란히 앉아 여름의 소리를 듣는다. 매미 소리, 개울물 소리, 바람이 자작나무 잎을 흔드는 소리, 뻐꾸기 소리, 산등성이를 지나는 구름의 소리. 이 소란한 적막을 고양이와 함께 듣는다.

아들의 산책길에 앵두가 따라나섰다. 장난꾸러기 아들의 갖은 장난에도 아랑곳없이 앵두는 10분 이상 산책길에 동행했다.

우리가 고양이를 소중하게 여기지 않으면, 고양이 또한 우리를 소중하게 여기지 않을 것이다. 고양이와 함께 사는 한, 우리의 삶은 늘 고양이와 이어져 있다.

가을입니다. 다래나무집에 내려갈 때면 우리 가족은 주말 행사처럼 산책을 하곤 합니다. 약 1시간, 차도 인적도 없는 비포장 산길을 걸어갔다 걸어옵니다. 우리가 산책을 나갈 때면 꼭 앵두와 앙고 녀석도 같이 가자고 줄레줄레 따라나섭니다. 적막한 산중에 흙을 차며 걷는 인간의 발자국 소리와 야옹야옹 뒤따르는 고양이 소리만이 이따금 골짜기에 내려앉습니다.

산책에서 돌아오는 길, 집을 코앞에 두고 아들은 다리가 아프다며 업힐 궁리를 하고, 아내는 그런 뻔한 속을 다 알면서도 다 큰 아들을 업은 채 마당으로 들어섭니다. 뒤따라 고양이도 "아이쿠, 힘들다." 하면서 마당에 들어서기 무섭게 물그릇부터 찾습니다. 일주일에 한 번, 가족과 고양이가 함께 산책하는 이 시간이 나에게는 가장 행복한 시간입니다.

아들의 단짝, 앙고.

아들이 가는 곳이면 어디든 따라다닌다.

아들이 하는 일마다 일일이 참견하고 다닌다.

어쩌죠? 고양이에게 포위당했어요.

나만

따

라

와!

2년 전만 해도 아들에겐 이 산골과 장독대가 유치원이고 놀이터였지만, 일곱 살부터 인원이 여섯 명인 병설유치원에 다니게 되면서 아들과 고양이가 노는 시간은 훨씬 줄어들었습니다. 그래도 여전히 아들의 옆에는 고양이가 있고, 고양이들도 장난꾸러기 아들을 그저 '인간 아깽이' 정도로 여기는 듯합니다.

아내와 오디의 애정 행각.

얼굴을 맞대고 생각해보자.

우리의 묘한 인연에 대해서.

저기요…,

잠깐

무릎 좀 빌립시다!

고양이와 낚시놀이를 하다 보면 어느새

고양이보다 더 즐거워하는 자신의 모습을 발견하게 된다.

빨랫줄을 받치는 막대기에 줄을 매달아 보았습니다. 고양이가 깃털을 잘라가 버려 줄만 남은 고양이 낚싯대. 다 큰 고양이들은 아무 관심도 없고, 아깽이들만 클럽에라도 온 것처럼 야옹야옹 캬르르 캭캭 난리가 났습니다.

고양이를 위해 애쓰시는
모든 분들께
박수를 보냅니다.

오랜만에 캔 따주고 가는 나에게

고양이는 말없이 손을 흔들었다.

"잘가! 캔따개!"

인간사 야옹지마 나무 냥세음보살!

5

다시
낭독대에 관하여

아침저녁으로

골짜기에 자욱한 안개가 낀다.

냥독대의 어떤 고양이들은

습관처럼 안개 속에 앉아서

흐릿한 풍경을 오래오래 본다.

다정한 고양이의 날들.

다정한 냥독대의 시간들.

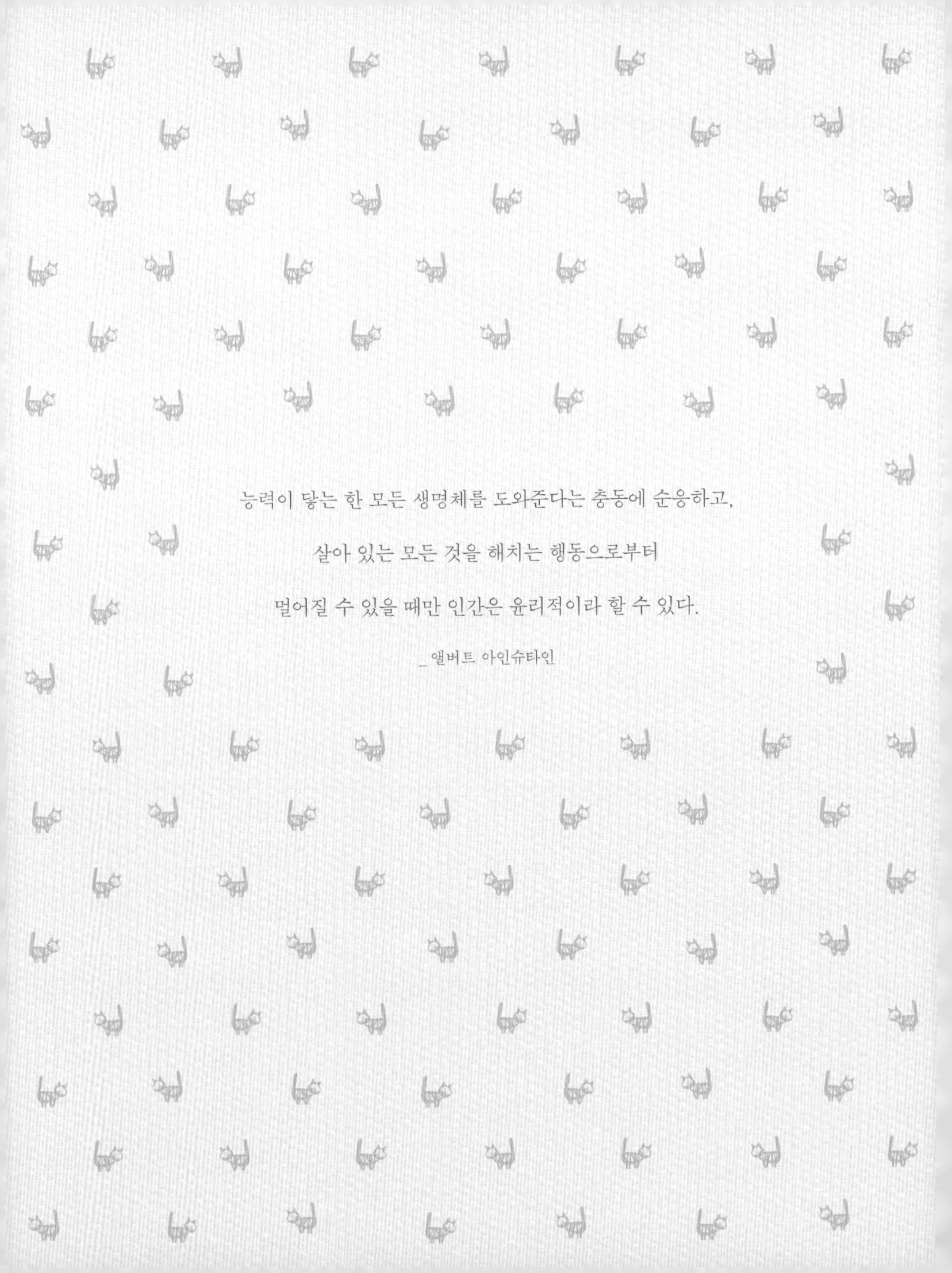

능력이 닿는 한 모든 생명체를 도와준다는 충동에 순응하고,

살아 있는 모든 것을 해치는 행동으로부터

멀어질 수 있을 때만 인간은 윤리적이라 할 수 있다.

_ 앨버트 아인슈타인

고양이가 장독대를 지나치게 사랑하사 다래나무집 장독대는 어느 순간 '냥독대'가 되었다. 냥이들의 자연 친화적 캣타워이자 '빵굼터(이곳에서 식빵을 굽는 관계로)'이고, 놀이터이며 약수터인 냥독대. 이곳에서의 고양이 활약상(?)을 잠시 살펴보기로 한다.

다래나무집 고양이들은 주로 봄가을과 겨울(모든 게 꽁꽁 얼어붙는 한겨울 말고)에 장독대에 올라가 '해바라기'라 불리는 일광욕을 하는 경향이 있다. 녀석들이 이곳을 즐겨 찾는 이유는 간단하다. 여기가 생각보다 따뜻하기 때문이다. 햇볕을 받은 장독 뚜껑은 마치 구들장처럼 데워져 온돌의 구실을 한다. 따뜻한 곳을 좋아하는 고양이들은 이곳에 올라 몸을 지지고 해바라기를 하면서 식빵까지 굽는다. 햇볕이 잘 드는 곳에서 고양이가 일광욕을 하는 건 당연히 체온 조절 때문이지만, 피부와 털을 말리는 과정에서 살균과 외부 기생충까지

없애는 효과가 있기 때문이기도 하다.

식사 후 그루밍 타임에도 녀석들은 장독대를 즐겨 찾는다. 따뜻한 옹기에 엉덩이를 찜질하면서 그루밍을 하고 나면 저절로 잠이 오는지 항아리마다 한 마리씩 차지하고는 꾸벅꾸벅 졸기도 한다. 여기에 침대 기능도 추가다. 하지만 더운 여름이면 장독 뚜껑은 달궈진 프라이팬처럼 뜨거워져 감히 고양이들은 그곳에 올라갈 엄두도 내지 못한다. 다만 즐비하게 늘어선 항아리들이 시원한 그늘을 제공하므로 이때는 저마다 그늘 하나씩을 차지하고 축 늘어져 있다. 그러다 한낮의 열기가 식는 저녁이 되면 다시금 항아리에 올라가 바람을 쐰다. 일종의 풍욕으로 축축한 털을 말리는 것이다.

영하 10도 안팎의 한파가 지속되는 한겨울이면 장독대에 고양이들의 발길도 뜸해진다. 동장군이 기승을 부릴 때는 제아무리 장독이라도 차갑게 얼어붙는다. 여기에 폭설이라도 쏟아지는 날엔 냥독대가 개점 휴업에 들어간다. 그러나 삼한 사온이라 했으니 어느 정도 날이 풀리고 눈이 녹는 날이면 장독대는 다시금 고양이들로 붐빈다. 이른바 납설수(臘雪水)를 마시러 녀석들이 장독에 오르기도 한다. 뭐 종종 개묘차가 있어서 어떤 고양이는 미끄러짐과 시린 발을 감내하면서까지 눈이 수북이 쌓인 장독에 기어이 오르는 녀석들도 있긴 하

저 난해한 자세로

기필코 물을 마시고야 마는….

그 어려운 걸 자꾸 해냅니다,

고양이가.

다. 이런 이해할 수 없는 행동까지 이해할 수는 없으므로 굳이 설명을 덧붙일 이유는 없겠다. 하지만 왠지 나는 그런 고양이의 엉뚱함이 좋아서 그런 엉뚱한 장면을 뜬금없이 사진으로 찍어놓곤 한다. 고양이는 엉뚱할수록 좋은 거니까.

고양이들은 이른 봄과 늦가을, 서리나 이슬이 내려 장독에 고인 감로수를 최고의 물로 여기는 게 틀림없다. 왜냐하면 마당에 따로 둔 두 개의 물그릇에 그득하게 물을 부어놓아도 녀석들은 본체만체 항아리로 올라가 보란 듯이 장독에 고인 물을 마시기 때문이다. 눈을 지그시 감고 감로수를 음미하는 고양이들을 보면 신선이 따로 없다. 여름은 여름대로 장독에 고인 빗물을 식수로 사용한다. 발 젖는 것을 몹시 싫어하는 고양이들이지만, 수시로 젖은 발을 털면서도 녀석들은 장독에 고인 빗물을 포기하지 않는다.

고양이들은 장독대를 야외 놀이터쯤으로도 여기는 듯하다. 여기서 녀석들은 툭하면 숨바꼭질하고 항아리를 오르내리며 우다다까지 선보인다. 사실 고양이들이야 물을 마시든 식빵을 굽든 장난을 치든 제멋대로 장독을 오르내리지만, 장독을 관리하는 장인어른 입장에서 보자면 녀석들의 행동이 곱게 보일 리 없다. 실제로 고양이들이 장독대에서 우다다를 하는 바람에 서너 개의 뚜껑이 깨져 못 쓰게 된

저 녀석, 자기 땅콩도 땅콩이라고

같이 말려보겠다는 건가?

적도 있다. 한번은 땅콩을 말리기 위해 항아리에 올려놓은 억새발을 고양이가 엎어버린 적도 있다. 아마도 녀석은 자기 땅콩도 땅콩이라고 같이 말려보겠다며 올라간 게 아닐까 추정된다. 이런 이유로 우리 식구들은 가급적 고양이가 장독에 올라가는 것을 말리는데도, 별무신통(別無神通)이다.(사진 찍을 때는 안 말린다. 그래서 그런지 내가 카메라를 들고 나가면 안 올라오던 고양이들까지 장독대로 올라오는 경향이 있다.)

이런 고충과 무관하게 『인간은 바쁘니까 고양이가 알아서 할게』 출간 이후 독자들로부터 가장 뜨거운 관심을 받았던 사진이 냥독대 사진들이었다. 책에는 다섯 마리 고양이가 일렬로 나란히 장독에 앉아 있는 사진도 있었는데, 어떤 분은 이런 장면이 믿기지 않는지 연출된 것이 아니냐고 의혹을 제기하기도 했다. 고양이와 함께 사는 분들은 누구나 알겠지만, 얘들이 이렇게 "일렬로 죽 앉아봐." 한다고 "응 알았어, 이렇게 앉으면 되지." 하고 순순히 협조할 녀석들이 아니다. 고양이 조련사가 와도 그건 어려운 일이다.

이 사진에는 이런 비밀이 있다. 장독대 바로 앞에 세 그루의 자작나무가 있는데, 여기엔 온갖 새들이 날아와 조잘거린다. 가뜩이나 날벌레만 봐도 채터링(새나 날벌레를 보고 사냥 본능이 발동해 반복

적으로 '캬르르' '캭캭' 하는 이상한 소리를 내는 행동)을 하는 녀석들인데 지근거리에 새가 앉아 있으니 사냥 본능이 발동할 수밖에 없다. 해서 자작나무와 가장 가까운 맨 앞 항아리로 냥이들이 몰려와 자작나무에 앉은 '그림의 떡'을 감상하느라 그런 장면이 연출(?)된 것이다. 더러 한두 마리는 항아리에서 채터링을 하는 것만으로는 성에 차지 않아 기어이 목표물을 향해 자작나무를 오르지만, 지난 3년간 사냥에 성공한 경우는 단 한 번도 못 봤다.

사진으로 다 담을 수는 없었지만, 최대 열두 마리가 2열로 장독에 올라가 새 구경을 하는 장면도 본 적이 있다. 어차피 연출은 새가 하는 것이므로 자작나무에 새가 날아오는 순간에 맞춰 셔터만 누르면 일렬횡대로 앉은 고양이 사진을 얼마든지 찍을 수 있다. 얼마든지? 그러나 실제로 그런 순간을 포착하기란 여간 어려운 일이 아니어서 그동안 이런 결정적 순간을 포착한 것은 예닐곱 번 정도에 불과하다. 그것도 운이 따랐기 때문이다. 어차피 고양이 사진은 운칠기삼(運七技三)이다. 고양이는 풍경처럼 정지해 있는 것도 아니고, 인물처럼 기다려주는 것도 아니다. 아무리 재주가 좋은 사진가도 고양이 앞에서는 재능을 다하기가 어렵다. 그리고 그 행운이란 것도 따지고 보면 고양이와 오랜 시간 함께한 신뢰와 교감 속에서 나오는 것이다.

아깽이들의 우다다 시간.

온갖 싸움 장난과

직립 자세와

허세와

점프와

황당한 표정과 포즈가

난무할 때가

바로 이 순간이다.

순간을 포착한다는 것은 그 순간 그곳에 있어야만 가능하다. 그 순간을 위해 무수한 시간을 바쳐야 하는 경우도 있다. 여기에 비법이 통할 리 없다. 다만 나름대로 방법은 있다. 고양이의 행동과 동선을 예측한 다음 셔터를 누르면 된다.

예를 들면 고양이는 십중팔구 밥 먹기 전에 발라당을 하고, 밥 먹고 나서는 그루밍을 한다. 캣초딩(아깽이 시절 이후부터 성묘가 되기 전까지의 고양이) 시절에는 먹이를 먹은 후나 화장실을 다녀온 뒤에 주로 우다다를 한다. 이때가 개인적으로 가장 열심히 셔터를 누르는 '결정적 순간'이다. 냥이들끼리 싸움 장난을 벌이거나 서로 직립 자세를 취하며 허세를 부리고, 점프를 뽐낼 뿐만 아니라 온갖 기묘하고 황당한 표정과 포즈가 난무할 때가 바로 이 순간이다.

순간이란 정말 눈 깜짝할 새에 지나가 버린다. "고양이는 꼭 사진 찍기 불가능할 때만 가장 기묘하고 흥미롭고 아름다운 포즈를 취한다." J.R. 코울슨의 격언으로 위로받기에는 너무 아쉬운 장면들이 많다. 그렇다고 슬퍼하지는 말자. 그런 거 백날 찍어봐야 어차피 고양이의 매력을 100분의 1도 담아내지 못하니까. 순도 100%의 매력 덩어리 그 자체인 고양이가 옆에 있으면 그만인 것이다.

오묘(五猫)해서 절묘하구나!

육냥이 나른하샤!

고양이 일렬횡대로 앉히기 성공!

* 사실 이 장면은 정말 '결정적 순간'처럼 약 4~5초 정도 일어난 믿을 수 없는 풍경이었다.
곧바로 중간에 있던 고등어 한 마리가 이탈하면서 대열은 순식간에 흐트러졌다.

눈 오는 날엔

젖소 고양이가

멋져 보임!

시절이

하 수상하니,

조용히

시골에서

그 루 밍 이 나 하 며

살아야겠다.

"아~! 너무 높이 날았나?" 이 정도 공중부양은 기본.

콤비 플레이.

아자아자, 파이팅!

하늘에서

고양이가

내

려

와~아요!

눈이 내린

냥독대 항아리 위에

꽃처럼 피어난

고양이

발

자

국.

자작나무에 딱새 한 마리가 날아와 앉자 냥독대에 있던 고양이들이
하나둘 나무에 오르지만, 저리 굼떠서야 사냥에 성공할 리가 없다.

냥독대의 커플석, 솔로석.

•

장소

냥독대 예식장

•

주례

노랑이 아저씨

•

민폐 하객

오른쪽 아래 노랑이

* 결혼사진 찍을 때 꼭 저런 민폐 하객 있음.

이른 아침 냥독대에 나가면

마치 비밀의 숲에서 홀연히 나타난 듯

고양이들이

안개를 허리에 감고

앉아 있다.

산중은 적막한데, 안개 속에서 캬르르 캭캭, 고양이 채터링 소리만 들려온다.

고양이의 관심을 끄는 건

어렵지 않다.

새 한 마리만 있으면 된다.

물아일체.

고양이 숙성 중.

다래나무집 냥독대에 가면

미어캣을 만날 수 있다.

고양이 옆에

능소화 몇 송이만

있어도

그림이 된다.

장독 뚜껑에 고인 물은

고양이들에게 감로수(봄, 가을)이자

지장수(여름 장마철)이며

납설수(겨울)인 것이다.

난 여기서

식빵을 구울 테니

넌 거기서

캔을 따거라!

이미 아무것도 안 하고 있지만…,

귀찮아서 뒷말 생략.

아이고, 꽁 지 빠 지 겠 다 !

이 녀석아!

순간 포착이란

그 순간

그곳에 있었다는 것.

그 순간

셔터를 눌렀다는 것.

나비처럼 날아서!

* 1초 후의 상황은 알아서 상상하시기를.

혼비백산이란

이럴 때 쓰는

말.

아깽이들의

우다다 트랙.

* 속도 무제한.

에필로그

노력하는
고양이

이 세상 살아 있는 생물들은

모두 온 힘을 다해 살고 있는 것이다.

_ 후지와라 신야

우리도 노력합니다, 인간과 함께 살기 위해서.

인간이 싫어하지 않도록 열심히 세수도 하고, 몸단장도 하죠.

누군가는 생의 3분의 2를 잠으로 보낸다고

우리의 게으름을 탓하지만,

그건 다분히 인간의 시각일 뿐이에요.

고양이는 고양이의 방식으로 언제나 최선을 다합니다.

인간 생활에 해로운 쥐를 잡는 게 전부는 아니에요.

집 안팎의 해충도 사냥하고, 텃밭에 도사린 뱀도 물리치죠.

우리가 인간을 위해 얼마나 많은 일을 하고 있는지

아마 당신은 상상도 못 할 겁니다.

당신이 걱정하지 않도록

스스로 체력 단련과 무술 연마를 게을리하지 않죠.

당신의 웃음을 위해 기꺼이 기묘하고 절묘한 자세를 연습합니다.

두 발로 걷는 묘기나 우아한 공중 발레도 보여드릴 수 있어요.

원한다면 당신에게 고난도 요가를 가르쳐드릴 수도 있죠.

당신이 따라 하는 고양이 자세는 진짜 고양이 자세가 아니에요.

식빵 굽는 일, 찹쌀떡 빚는 일도 맡겨만 주세요.

길가에 떨어진 쓰레기도 제가 치우겠습니다.

당신의 아이가 혼자 산책을 나갈 때면

옆에서 든든하게 길동무가 되어줄게요.

심심해하는 아이에겐 얼마든지 놀이 동무가 되어주고,

낚싯대를 휘젓는 집사가 민망하지 않도록 성심성의껏 놀아드릴게요.

외로울 땐 내 머리를 쓰다듬어도 좋아요.

혹시 울고 있는 당신의 무릎에 올라가 같이 울어도 괜찮을까요?

슬플 땐 나를 안고 잠시 울어도 괜찮아요.

혹시 알고 있나요?

내가 당신 앞에 다소곳이 앉아 있는 건 당신을 좋아하기 때문이에요.

내가 당신 옆에 꼭 붙어 있는 건 당신과 함께 있고 싶어서예요.

당신을 향해 꼬리를 높이 치켜드는 건

잊지 않고 와줘서 기쁘고, 변함없이 지켜줘서 고맙단 뜻이에요.

당신이 싫어하지 않도록, 당신에게 버림받지 않도록

우리도 매일매일 노력합니다.

우리를 미워하는 인간이 많다는 것을 나도 압니다.

싫어하는 인간에게 억지로 좋아해달라고 말하는 게 아니에요.

결단코 동정을 구하는 게 아닙니다.

우리에게도 엄연히 살아갈 권리가 있고,

그 권리마저 짓밟진 말아달란 겁니다.

그게 다예요.

아주 단순하죠.

매 순간 꿈도 꿉니다.

내가 좋아하는 사람과 오래오래 함께 사는 것.

있는 그대로의 고양이를 좋아해주는 세상.

설령 그것이 불가능한 꿈일지라도 뭐 어때요.

누구나 꿈은 꿀 수 있는 거잖아요.

부디 노력하지 않아도 인간이 고양이를 좋아하는 세상이 왔으면 좋겠어요.

꼭 그런 세상이 왔으면 좋겠습니다.

깨끗한 고양이가

보기도 좋잖아요.

원한다면

이렇게

춤도 추고….

공중발레도

보여드리죠.

자,

요가도 가르쳐

드릴까요?

길에 떨어진

쓰레기도

치우고….

돌멩이도

치워야겠군요.

이것도
나를까요?

당신을 위해

최선을 다해

놀아드릴게요.

살다보면 누구나

소리 내서

울고 싶은 날이 있죠.

나를 안고 펑펑 울어도

괜찮아요.

당신을

사랑합니다.

이따만큼….

똥꼬 발랄 고양이들의 인간 몰래 성장기

어쩌지, 고양이라서 할 일이 너무 많은데

초판 1쇄 발행 2017년 5월 10일　초판 6쇄 발행 2020년 12월 2일

지은이 이용한
펴낸이 연준혁

출판부문장 이승현
편집 1본부 본부장 배민수
편집 6부서 부서장 정낙정

펴낸곳 ㈜위즈덤하우스
출판등록 2000년 5월 23일 제 13-1071호
주소 경기도 고양시 일산동구 장항동 정발산로 43-20 센트럴프라자 6층
전화 031) 936-4000　팩스 031) 903-3895　홈페이지 www.wisdomhouse.co.kr

값 14,800원　ISBN 978-89-5913-511-0 03810

국립중앙도서관 출판시도서목록(CIP)

어쩌지, 고양이라서 할 일이 너무 많은데 : 똥꼬 발랄 고양이들의 인간 몰래 성장기 / 지은이: 이용한. — 고양 : 위즈덤하우스, 2017
p. ; cm

ISBN 978-89-5913-511-0 03810 : ₩14800

수기(글)[手記]
고양이[猫]

818-KDC6
895.785-DDC23　　CIP2017009524